HAN

TUEUR DE FANTÔMES

JOEL A. SUTHERLAND

Illustrations de
Norman Lanting

Texte français de
Hélène Rioux

Catalogage avant publication de Bibliothèque et Archives Canada

Titre: Tueur de fantômes / Joel A. Sutherland ; texte français d'Hélène Rioux.
Autres titres: Kill screen. Français
Noms: Sutherland, Joel A., 1980- auteur. | Rioux, Hélène, 1949- traducteur.
Description: Mention de collection: Hanté | Traduction de: Kill screen.
Identifiants: Canadiana 20190097655 | ISBN 9781443174909 (couverture souple)
Classification: LCC PS8637.U845 K5514 2019 | CDD jC813/.6—dc23

Références photographiques :
Illustrations de la couverture © : iStockphoto : arrière-plan rouge
(Stephanie_Zieber); Dreamstime (Nomadsoul 1); Shutterstock : griffes du
monstre (ra2studio). Illustrations de Norman Lanting.

Édition publiée par les Éditions Scholastic, 604, rue King Ouest, Toronto
(Ontario) M5V 1E1.

5 4 3 2 1   Imprimé au Canada   139   19 20 21 22 23

Pour Charles, Bronwen et Fiona,
les trois meilleurs enfants (et futurs premiers lecteurs)
dont un père puisse rêver.

CHAPITRE UN

Je regardai la cabane abandonnée dans les bois en sachant que si j'y entrais, je mourrais.

Mais je devais essayer.

Un démon ancien habitait là, un esprit venu des temps immémoriaux, une faucheuse d'âmes perdues, un fantôme du royaume souterrain.

La Fumerolle.

Elle se cachait quelque part dans la cabane et refusait de s'en aller. C'est pourquoi j'étais ici. J'avais déjà vaincu tous les esprits diaboliques qu'elle avait convoqués, et maintenant, j'étais venue pour la tuer. Et si je ne pouvais pas la tuer, je l'enverrais en exil dans le royaume souterrain. Et si je n'y parvenais pas, je mourrais en essayant.

Mais c'était impossible de tuer la Fumerolle, impossible de l'exiler, ce qui ne me laissait qu'une seule possibilité.

Je n'avais pas renoncé; j'étais seulement réaliste.

Ils étaient nombreux à avoir essayé avant moi. Ils avaient tous échoué.

Ce n'était pas la première fois que j'essayais de vaincre la Fumerolle. Et chaque fois que je l'avais affrontée, j'étais morte. Ce serait ma cent neuvième tentative.

Une pleine lune éclairait le toit de la cabane et les arbres tordus qui l'entouraient. Immobile et silencieuse, la forêt était plongée dans le brouillard. Il n'y avait pas de vent, pas d'animaux. On aurait dit que le monde entier retenait son souffle, tendu, anxieux, attendant la catastrophe.

Je vérifiai le tueur de fantômes attaché à mon avant-bras gauche. Il enregistrait les anomalies dans le champ électromagnétique autour de moi ainsi que les chutes soudaines de température, les mouvements invisibles dans l'air, les changements de pression atmosphérique et une douzaine d'autres sources potentielles d'activité paranormale. Tous les boutons, les jauges et les compteurs sur l'élégant écran tactile se détraquèrent. Rien d'étonnant. Ce n'était pas Casper, le fantôme amical, qui m'attendait dans les recoins sombres et humides de la cabane.

— À toi de jouer, Ève, chuchotai-je à moi-même. Ça y est. C'est le moment.

Je roulai mes épaules, je fis craquer mon cou, j'ouvris la porte et je m'avançai dans les ténèbres. Une odeur de mort m'accueillit. Non pas l'émanation âcre des cadavres en putréfaction, mais plutôt un curieux mélange de terre mouillée, de fleurs fanées, de bois décomposé, d'œufs pourris et, camouflé derrière tout ça, le relent nauséabond de fumée et de cendre. C'est du moins ainsi que j'imaginai l'odeur de la cabane. Mon tueur de fantômes enregistra des niveaux élevés de pourriture biologique et de soufre dans l'air, et je compris que mon pressentiment allait bientôt se réaliser.

La lune était grosse et pleine, pourtant sa lumière ne filtrait pas par les fenêtres. J'appuyai sur un bouton du côté gauche de mes lunettes, et le monde prit soudain une teinte d'un vert éclatant. Elles avaient une fonction intégrée de vision nocturne semblable à celle des lunettes protectrices militaires, sauf que les miennes révélaient le froid plutôt que la chaleur.

Cette cabane était inhabitée depuis longtemps. Les murs étaient pleins de trous, le sol, couvert de poussière, de débris et d'ordures, et les meubles étaient rares. Autant dire qu'elle était vide. Des taches sombres et visqueuses maculaient le plancher, des os dépouillés de leur chair s'empilaient dans les recoins et l'on voyait sur les murs des empreintes de mains sanglantes.

Avant de faire un pas de plus, j'ajustai l'écouteur de mon oreille droite, ce qui me permettrait d'entendre tout phénomène vocal qui, autrement, aurait été trop faible pour être détecté. Je retirai ensuite le brûleur d'âmes de l'étui fixé à ma cuisse et l'allumai. Il utilisait quatre types de munitions capables de tuer la plupart des fantômes d'un seul coup : le fer, le sel, la calcédoine et une cellule d'énergie cinétique. Mais, même armée du brûleur d'âmes, je ne me sentais pas préparée. Je n'affrontais pas un banal revenant, un fantôme ou un esprit ordinaire. Mais cela ne devait pas m'empêcher d'essayer. Cette fois, j'apprendrais peut-être quelque chose de nouveau sur la Fumerolle, une faiblesse ou un défaut qui m'aiderait à l'anéantir.

Ouais, c'est ça… Je m'étais dit la même chose à chacune des cent huit fois où je l'avais défiée et je n'étais pas plus près de la vaincre que la première fois que j'étais entrée dans la cabane.

De nouveau, je fis du regard le tour de la pièce immonde. Je n'y trouvai rien qui pût m'aider. Une fois, la Fumerolle m'attendait dans cette première pièce dès que j'avais ouvert la porte; j'étais morte avant même de comprendre ce qui s'était passé. Je ne savais jamais dans laquelle des treize pièces de la cabane elle se trouverait avant d'entrer et d'explorer les lieux. Le moins qu'on puisse dire, c'est que c'était stressant.

J'étais dans une pièce, il en restait douze à inspecter. J'allai dans la deuxième, la troisième, la quatrième et la cinquième. Je ne me donnai pas la peine de m'arrêter pour examiner ce qu'elles contenaient. J'y avais déjà passé beaucoup de temps et les objets que j'y avais trouvés — une vieille poupée parlante, un fauteuil roulant rouillé, un crâne humain — ne m'avaient été d'aucune utilité pour vaincre la Fumerolle.

Je m'attardai un peu plus longtemps dans la sixième pièce, la salle de bains. Elle était exiguë : on pouvait en même temps s'asseoir sur la cuvette tachée et se laver les mains dans le lavabo. J'ouvris le robinet. Comme d'habitude, un jet de sable jaillit plutôt que de l'eau. J'avais toujours trouvé ça bizarre, même dans cette cabane déjà si étrange. Je mis ma main sous le jet régulier et le sable s'éparpilla sur le sol.

Du coin de l'œil, je perçus un mouvement flou, mais quand je me retournai, il n'y avait rien d'autre que le mur. J'eus l'impression de savoir où j'allais trouver la Fumerolle. Je fermai le robinet et sortis de la salle de bains.

J'entrai dans la septième pièce : la cuisine. Une multitude d'asticots grouillaient dans le réfrigérateur ouvert d'où détalèrent une armée de coquerelles. Le broyeur semblait avoir servi de hachoir à viande et la Fumerolle...

Même si je m'attendais à la voir, une boule d'air se coinça dans ma gorge. Je levai mon brûleur d'âmes et le pointai vers elle. Elle flottait dans un coin de la pièce, à un mètre du sol.

La Fumerolle ne broncha pas. Elle ne cligna même pas des yeux. Elle me dévisagea de son regard noir et vitreux. C'était comme si j'étais soudain endormie, dans un état d'hypnose. Une cape de brouillard blanc tournoyait autour d'elle. Sa peau blafarde et lisse semblait faite d'une brume bleu pâle qui luisait faiblement.

Elle tenait sa main gauche, paume vers le haut, devant sa poitrine, là où aurait été son cœur si elle en avait eu un. Je ne l'avais jamais vu bouger cette main qu'elle tenait toujours exactement à la même place. Un orbe de lumière jaune clair flottait au-dessus de sa main et s'estompait dans l'air, évoquant les vagues qui émanent de l'asphalte par une chaude journée d'été.

— Je suis venue pour te renvoyer au royaume souterrain, dis-je. Tu es une agente des ténèbres et tu n'es pas la bienvenue ici parmi les vivants.

Ma voix se répercuta et rebondit à travers la cabane. Le dernier article haute technologie de chasseuse de fantômes que je portais était fixé de façon permanente à ma langue : une perle métallique en forme de crâne appelée boîte à fantôme. Mais il ne s'agissait pas d'un simple bijou. C'était un des articles les plus fantastiques en ma possession. Il contenait un micro incroyablement petit mais formidablement puissant, qui haussait le volume de ma voix et transmettait mes paroles à des fréquences exceptionnellement hautes, perceptibles uniquement par les esprits. À plusieurs reprises, il m'avait suffi de parler pour que les fantômes m'obéissent sans que j'aie besoin de combattre.

La Fumerolle se contenta de rire doucement, tout bas.

Le silence suivit.

Je me demandai si, cette fois, je pourrais tirer deux coups avant d'être tuée par la Fumerolle. Aucun des quatre types de munitions que je possédais n'avait jamais produit d'effet sur elle. Mais si je pouvais en combiner deux, le sel et une cellule d'énergie par exemple, peut-être que...

Sa voix coula dans mon oreille, s'enroula autour de mon cerveau et s'infiltra dans mon corps. C'était comme une sensation d'eau froide et de chocs électriques.

— Tu n'es pas digne de vivre, dit-elle sans colère ni haine.

La seule émotion que je perçus dans le ton de sa voix était de l'impatience.

— Mais tu es digne de mourir.

Je prononçai pratiquement les paroles avec elle. Son discours était toujours le même. Comme ce qui s'ensuivit.

La pièce s'assombrit, la Fumerolle se mit à luire avec éclat, l'air devint lourd, son brouillard pétilla d'électricité, puis...

Je mourus.

CHAPITRE DEUX

Frustrée, je lançai ma manette de jeu vidéo sans fil à travers le sous-sol, je m'assis et restai quelques instants à fulminer. Puis je courus la ramasser.

— Je suis désolée, dis-je à Toni, ma manette, en vérifiant qu'il n'y avait pas de dommages.

Je l'appelais Toni en l'honneur de Toru Iwatani, le créateur de *Pac-Man*. Pour la nommer, j'avais utilisé les deux premières lettres et les deux dernières lettres de son nom. Toni paraissait indemne.

— Je ne devrais pas passer ma colère sur toi.

Toni était la manette d'une édition limitée de *Tueur de fantômes* et elle valait tout l'argent que j'avais reçu à l'occasion de deux anniversaires et d'un Noël. Et oui, je lui parlais parfois, mais ce n'était pas si farfelu. De nombreux joueurs invétérés font de même. D'ailleurs, comme elle ne me répondait jamais, je savais que je n'étais pas folle.

— Tu sais que tu es cinglée, n'est-ce pas, V?

— Je ne suis pas cinglée, répliquai-je à Harold en ricanant.

Malgré son opinion sur ma santé mentale, Harold était mon meilleur ami. Je m'affalai sur le sofa à côté de lui et je bus une grosse gorgée d'orangeade.

— Alors, ne commence pas.

— D'accord.

Il me regarda comme si j'avais perdu la raison.

— C'est à cause de ce jeu, poursuivis-je sur un ton plaintif en pointant l'index vers ma console. Il est imbattable.

— Essaie de ne pas trop t'en faire avec ça, répondit Harold. Qui cherche un spectre…

— … le trouve, dis-je, terminant le slogan de *Tueur de fantômes*. C'est tellement cliché.

— J'ai remarqué qu'il y a encore eu un problème dans la salle de bains.

— Ouais, moi aussi.

Parfois, quand la Fumerolle était dans la cuisine, la moitié gauche de son corps traversait le mur de la salle de bains. C'était l'un des nombreux bogues du jeu, et même si cela me permettait de deviner où se trouvait ce fantôme, cela ne m'avait jamais été d'aucun secours.

— Quelqu'un d'autre a-t-il déjà battu le jeu?

demanda Harold.

Je haussai les épaules.

— Vérifions.

Les mots TU ES MORTE flottaient sur l'écran dans un nuage de brume au-dessus de REJOUER? OUI/NON. Je quittai le jeu et allumai mon téléphone. Je gardais toujours une page de mon navigateur ouverte sur le site Web de Faucheuse, la compagnie de jeux vidéo indépendante qui avait créé *Tueur de fantômes*. Le jeu avait obtenu un succès international considérable, simplement parce que personne n'avait été capable de vaincre l'ennemie ultime, la Fumerolle.

Une rumeur s'était répandue selon laquelle il existait sur le marché un jeu vidéo mal conçu supposément impossible à battre, et les ventes étaient montées en flèche. Triompher de la Fumerolle ressemblait à la quête du Saint-Graal, du moins dans les cercles de joueurs. Les *geeks* étant de grands consommateurs de livres et de films fantastiques, ce défi était destiné à les allécher.

J'avais acheté le jeu deux mois plus tôt, pendant la semaine de relâche de mars, et je sentais que je ne trouverais aucun repos avant d'avoir gagné. J'étais accro aux jeux vidéo depuis environ deux ans, mais ma dépendance avait atteint de nouveaux sommets avec *Tueur de fantômes*. Faucheuse se trouvait à Halifax, à une heure en voiture de Wolfville, la ville où j'habitais, et c'était peut-être pourquoi je désirais encore plus être la première à battre le jeu.

Après avoir cliqué sur le forum de discussion, j'entrai mon nom d'utilisatrice, « V », et je parcourus les messages les plus récents.

— Non, personne ne l'a encore battue.

— Alors, c'est au moins ça, dit Harold avec un sourire encourageant.

Ce bon vieux Harold. Nous n'avions pas grand-chose en commun. En fait, nous étions même à l'opposé l'un de l'autre dans plusieurs domaines. Il était plutôt petit et rondelet, alors que j'étais athlétique et grande pour mon âge. Il jouait rarement à des jeux vidéo, et j'étais une joueuse acharnée. J'avais aussi fait partie des équipes de soccer et de baseball de notre école. Il obtenait de très bonnes notes, et moi... pas vraiment. Par-dessus tout, Harold était un fanatique de *Star Trek* alors que je ne jurais que par *Star Wars*. À l'opposé l'un de l'autre, comme je l'ai dit.

Mais pendant la plus grande partie de ma vie, nos maisons avaient été voisines et nous avions grandi ensemble. À part les membres de ma famille, j'avais passé plus de temps avec Harold qu'avec n'importe qui d'autre. Avec lui, je me sentais en paix avec moi-même et je le faisais souvent rire. Il riait avec moi ou de moi. Alors, même si nous ne nous ressemblions pas, nous étions les meilleurs amis du monde. Et il avait été à mes côtés après l'accident, lorsque j'avais réellement eu besoin de lui.

J'ouvris le fil de discussion que j'avais créé quand j'avais commencé à jouer à *Tueur de fantômes* et je tapai rapidement un nouveau message.

Tentative n° 109 : Morte.

D'autres joueurs avaient créé des fils semblables. Je n'étais pas la seule personne à avoir frôlé la victoire, mais j'étais celle qui avait atteint la Fumerolle le plus souvent. Ce n'était pas seulement impossible de la vaincre, mais presque impossible d'accéder à son repaire.

Les gens commencèrent à m'envoyer des messages encourageants dès que j'eus publié mon commentaire, mais comme j'étais avec Harold, je ne les lus pas. J'appuyai sur quelques boutons de ma manette et retournai sur le site du jeu.

— Tu veux jouer une partie à plusieurs joueurs?

— Non. Avec moi, tu mordrais la poussière. Je préfère te regarder jouer.

— Tu es sûr?

Harold hocha la tête et se frotta le nez.

— C'est amusant.

Je lui lançai un regard perplexe.

Il leva sa main droite comme pour prêter serment.

— Je suis sérieux, V. Un de ces jours, tu vaincras la Fumerolle et je veux être là quand ça arrivera.

— Merci, dis-je, sincèrement touchée.

Je pris la boîte du jeu vidéo et regardai l'illustration de la Fumerolle sur la couverture.

— Tu as entendu? Je vais vous régler votre compte, à toi et à ton étrange orbe brillant.

Je laissai tomber la boîte entre nous sur le sofa. Harold la prit.

— Son orbe me rappelle quelque chose, murmura-t-il, s'adressant davantage à lui-même qu'à moi.

— Quoi?

Il leva les yeux.

— Oh! Son orbe... On dirait un feu follet.

— Et c'est...?

— Une âme qui conduit les gens directement vers leur mort au fond des forêts, la nuit.

Il haussa les épaules et lança la boîte sur la table basse.

— J'ai lu sur le sujet sur Wikipédia.

— Tu passes trop de temps sur Wikipédia.

— C'est vrai, admit Harold, l'air penaud. Tu commences à lire une page, qui t'entraîne vers une autre, puis une autre... C'est comme ouvrir une boîte de Pandore. J'ai également lu que certaines personnes croient que les fantômes sont faits d'énergie inexploitée et indestructible... Même Einstein a dit quelque chose comme ça... je pense. Mais ne me cite pas.

— Ève!

C'était ma grand-mère qui m'appelait depuis le rez-de-chaussée. Je ne considérais pas encore cette maison comme la mienne, même si j'y vivais depuis deux ans.

— Ton *petit ami* et toi êtes toujours au sous-sol?

Elle connaissait Harold depuis des années. Il venait quelques fois par semaine depuis que j'avais emménagé chez ma grand-mère. Elle continuait pourtant à me taquiner en disant qu'il était mon petit ami.

— Grand-maman! C'est dégueu. Ne te sens pas visé, dis-je à Harold.

— Pas de problème, répondit Harold. Le sentiment est réciproque.

— Est-ce qu'il reste pour le souper? cria grand-maman. J'ai fait du macaroni au fromage avec des rondelles de saucisses fumées.

Mon plat préféré.

— Comment pourrais-tu refuser? demandai-je à Harold.

— Comme ça : non.

Il consulta sa montre.

— D'ailleurs, je dois partir.

— Tu ne sais pas ce que tu manques.

Debout devant l'escalier, je hurlai :

— Il n'est pas intéressé, grand-maman. Il ne reconnaîtrait pas un repas raffiné même s'il lui mordait la bouche, la langue et l'estomac.

— Si tu manges une ou deux portions de macaroni au fromage avec des saucisses, je te promets qu'elles vont te mordre le ventre plus tard, répliqua Harold.

Je me mis à rire alors qu'Harold se leva du sofa pour s'en aller, mais ma tête se vida soudain de son sang et je restai figée.

J'avais passé les trois dernières heures à combattre des fantômes pixélisés. Mais voilà qu'au fond de la pièce, un vrai fantôme se terrait dans l'ombre.

CHAPITRE TROIS

J'accompagnai Harold jusqu'à la porte de la maison un peu plus vite que d'habitude. J'espérais qu'il suppose que j'avais seulement très hâte de souper (ce qui était plausible quand on pense au menu). Je ne croyais pas qu'il avait remarqué l'expression sur mon visage quand j'avais jeté un coup d'œil par-dessus son épaule et vu ce que j'avais vu dans un coin. Tapie dans l'ombre, une femme morte aux cheveux et aux yeux noirs me regardait fixement. Un fantôme.

Des spectres venaient souvent vers moi, ils me cherchaient... presque tous les jours... avec leurs grands yeux implorants et leurs mains griffues.

Je n'étais pas née avec un sixième sens ni rien de ce genre. Le phénomène avait commencé deux ans plus tôt, après l'accident. Cela s'était produit dans le cimetière pendant l'enterrement de mes parents. Un vieillard était là avec sa barbe grise broussailleuse et sa chemise bariolée. Sans même attendre que mes parents soient descendus dans la fosse, il me demanda de transmettre un message à son fils. Je pensai qu'il s'agissait d'un inconnu, un étranger éploré qui s'était retrouvé là par hasard, pourtant aucune des personnes présentes aux funérailles n'avait paru le remarquer. Puis il marcha à travers un des collègues de ma mère, et le collègue ne s'aperçut de rien.

Je fus prise de panique. Je me mis à crier et à hurler au vieil homme de me laisser tranquille. Je reculai vivement de quelques pas, puis je trébuchai et tombai. Ma grand-mère m'aida à me relever et m'entraîna à l'écart. Tout le monde crut que je souffrais d'un genre de traumatisme ou de choc provoqué par le décès de mes parents, mais Bariolé, le fantôme, nous suivit jusqu'à la voiture de ma grand-mère et resta à me dévisager par la fenêtre jusqu'à ce que nous partions.

Après quelque temps, je pris conscience que j'avais déjà vu d'autres fantômes. J'en avais vu deux la nuit ayant précédé la mort de mes parents. Si seulement je les avais écoutés.

Bariolé ne fut pas non plus le dernier fantôme à m'approcher. Ils continuèrent à venir vers moi comme une armée de fourmis dont la fourmilière aurait été piétinée, ils avaient tous des affaires inachevées dont ils voulaient que je me charge pour eux. Comme si j'étais responsable de faire tous les trucs qu'ils n'étaient pas parvenus à terminer avant de passer l'arme à gauche. J'étais en 2e secondaire! Je voulais juste qu'ils me laissent en paix.

Mais, d'autre part, peut-être qu'un jour je pourrais revoir mes parents. Peut-être même qu'eux aussi auraient besoin d'aide, comme les autres. Je décidai donc d'assister, dans la mesure du possible, les fantômes qui faisaient appel à moi, même si c'était une tâche ingrate, ardue et souvent sinistre.

Au moins, le fantôme du sous-sol était une femme dans la vingtaine. Les enfants fantômes... ils étaient les pires de tous. Comment dire à des gamins de cinq ans qu'ils sont morts et qu'ils doivent aller là où vont les esprits dans l'au-delà?

Pour un non-initié, la femme morte aurait semblé vivante. Elle était un peu pâle, bien entendu, mais certaines personnes ont juste besoin d'un peu plus de soleil. Et sa peau miroitait un peu, mais c'était peut-être un simple effet de la lumière. Au cours des deux dernières années, j'étais devenue très douée pour différencier les morts des vivants. C'étaient leurs yeux. Le blanc était encore blanc, mais les iris étaient toujours noirs, jamais bleus, bruns ou verts. Et si l'on s'approchait suffisamment (je ne le recommanderais pas), on voyait un petit point blanc clignoter au fond de leurs pupilles.

Ce n'était pas l'apparence de cette revenante qui me terrifiait. Ce n'était pas sa peau ou ses yeux. Ce n'était même pas le fait qu'elle apparaisse dans l'ombre du sous-sol de chez grand-maman. J'étais habituée à tout ça.

C'étaient ses paroles qui me terrifiaient.

Tandis que je me hâtais de monter l'escalier avec Harold, j'entendis le fantôme chuchoter par-dessus mon épaule.

— Je suis ici pour t'aider.

CHAPITRE QUATRE

Je suis ici pour t'aider. Pas « J'ai besoin de ton aide », comme le disaient tous les autres fantômes.

Ses paroles tourbillonnaient dans ma tête tandis que, avec ma fourchette, je picorais mon macaroni au fromage. Qu'est-ce qu'elle voulait dire quand elle prétendait qu'elle était ici pour m'aider? Aucun autre revenant ne m'avait jamais dit quelque chose de semblable. Que pouvait-elle faire pour moi?

Je secouai la tête pour la chasser de mon esprit. J'étais légèrement réconfortée de savoir qu'aucun fantôme ne m'avait jamais approchée plus d'une fois. J'en avais aidé plusieurs au fil des ans, mais parfois, je m'étais tout simplement éloignée d'eux. Ils pouvaient me suivre pendant quelque temps, comme Bariolé, mais dès qu'ils étaient hors de ma vue, c'était fini, ils étaient sortis de ma vie.

Comme mes parents.

— Qu'est-ce qui se passe, ma chouette? me

demanda grand-maman assise devant moi à la table.

— Hein? répondis-je, la tête ailleurs.

— Je viens de te dire que j'irai à Halifax demain et je t'ai proposé de vous y emmener, ton petit ami et toi. Tu n'as pas daigné me répondre. Qui plus est, je ne t'ai jamais vue mettre plus de trois minutes à dévorer une assiette de macaroni au fromage avec des saucisses.

Elle me sonda de son regard perçant. Elle était très jeune pour une grand-mère... soixante ans... mais son regard était celui d'une aïeule authentique : *tu ne peux pas me tromper.*

— Ça fait maintenant cinq minutes et tu as à peine mangé une bouchée, poursuivit-elle.

—Pour commencer, et pour la millionième fois, Harold n'est pas mon petit ami. Et deuxièmement, je n'ai pas faim, je suppose.

— Je ne te crois pas. Tu penses à tes parents, pas vrai?

Je soupirai et déposai ma fourchette. Elle fit un *ping* sourd contre mon assiette. J'avais menti en disant que je n'avais pas faim, mais j'avais maintenant presque perdu l'appétit.

— Je pense *toujours* à mes parents, murmurai-je.

Le visage de grand-maman s'adoucit et elle

m'adressa un sourire réconfortant.

— Tu ne les ramèneras pas en te rongeant les sangs à propos de ce qui est arrivé. Concentre-toi sur les aspects positifs. Rappelle-toi tous les bons moments.

— Plus facile à dire qu'à faire.

— C'est vrai.

Elle tendit sa main sur la table et tapota le dos de la mienne.

— Mais nous savons toutes les deux qu'ils ne voudraient pas nous voir tristes, surtout pendant deux ans.

J'avais appris la nouvelle pendant un entraînement de soccer. Je n'oublierais jamais cette journée. Comment le pourrais-je? De tels moments deviennent une partie de nous, comme des fils étroitement mêlés au tissu qui fait de nous ce que nous sommes.

J'exécutais des passes avec mes coéquipières quand le directeur de l'école sortit par la porte arrière et s'approcha de notre entraîneur. J'étais de l'autre côté du terrain, essoufflée, les joues en feu, en pleine ivresse du coureur. Je les voyais parler sans distinguer les mots. Ils se turent et scrutèrent le terrain. Au moment où leurs yeux se posèrent sur moi, je sus qu'il était arrivé quelque chose de terrible. J'eus mal au ventre.

Il y a une chose qu'aucune brochure, aucun livre sur le deuil ne nous dit : lorsque des accidents nous enlèvent des êtres chers, ils ne touchent pas seulement les victimes, mais aussi ceux qui les aiment. Quand l'entraîneur m'appela et que le directeur m'apprit ce qui s'était passé, j'eus l'impression d'avoir été heurtée par le camion qui avait percuté la voiture de mes parents alors qu'ils rentraient à la maison pour le dîner ce jour-là, les tuant tous les deux sur le coup.

La sensation demeura. Je continuai à me sentir frappée par un camion chaque fois que je pensais au « rêve » que j'avais ignoré la veille de leur décès. J'étais restée à regarder un marathon des *Hurleurs* qui passait à la télévision en fin de soirée et je m'étais endormie sur le canapé. Une suite d'images cauchemardesques peupla mes rêves... un champ de maïs hanté, une poupée possédée, un cheval tueur... puis je rêvai de mes parents.

Ils semblaient éteints, comme si on avait drainé le sang de leurs corps, comme s'ils n'étaient plus en possession de leurs âmes. Leur peau était livide, leurs yeux étaient noirs, leurs bras pendaient à leurs côtés et ils parlaient sans émotion.

— Aide-nous, chuchotèrent-ils à l'unisson.

— Ne nous laisse pas..., ajouta ma mère.

— ... conduire, dit mon père. Ne nous laisse pas...

— ... partir, conclut ma mère.

Je me frottai le visage et jetai un coup d'œil à l'horloge. Il était un peu plus de trois heures. Le rêve me paraissait étrangement réel.

— Pourquoi? demandai-je sans réfléchir à la raison pour laquelle mon subconscient avait pris cette étrange tournure.

— Nous allons mourir, répondit mon père.

— Nous sommes déjà morts, ajouta ma mère sur un ton définitif.

— Mais tu peux nous aider, dirent-ils à l'unisson une fois de plus avant de disparaître.

Je me frottai de nouveau le visage, ce qui me fit comprendre que j'étais réveillée, et je titubai jusqu'à mon lit. J'oubliai l'avertissement de mes parents dès que ma tête toucha l'oreiller.

Une semaine après les funérailles, une fois sortie de ma torpeur, j'allai sur Internet pour voir si quelqu'un avait déjà vécu la même expérience, parce que j'avais décidé que ça n'avait pas été un rêve. C'est là que, pour la première fois, je lus à propos des apparitions de crise, qui se produisent quand les fantômes de gens toujours en vie apparaissent à leurs êtres chers peu de temps avant leur décès.

Mes parents m'avaient dit qu'ils allaient mourir. Ils m'avaient demandé de les aider. Mais je n'avais rien fait.

J'allai vivre chez grand-maman, et l'entraîneur me dit de prendre le temps nécessaire, qu'il y aurait toujours une place pour moi au sein de l'équipe quand je serais prête à revenir. Je ne revins jamais.

Je me réfugiai plutôt dans le sous-sol, où j'allumai la vieille console de jeu que mes parents m'avaient offerte à Noël une année. Je jouai à tous les jeux que j'avais collectionnés quand j'étais plus jeune : *Mega Man*, *Super Mario Bros*, *Donkey Kong*, *Tetris*, *Zelda*. C'était parfait. Personne n'était blessé et, chaque fois que je mourais, je n'avais qu'à recommencer la partie.

Je me sentis mieux, mais cela ne dura pas. Les jeux étaient trop élémentaires et je les battais trop facilement. J'achetai une nouvelle console et quelques jeux, puis quelques autres, puis d'autres encore. Les nouveaux jeux étaient plus difficiles à vaincre, mais je ne mettais jamais plus d'une semaine pour y parvenir. Chaque fois que j'acquérais un nouveau jeu, je restais éveillée tard pendant quelques nuits d'affilée. Assise dans la lumière clignotante de la télé, les yeux fixés sur l'écran, comme un zombie, j'appuyais sur des boutons jusqu'à ce que j'aie gagné. Puis je répétais le processus avec le jeu suivant.

J'avais simplement besoin de *gagner*, toujours. Cela me distrayait, me donnait un but, me permettait d'aller de l'avant, masquait mon sentiment de culpabilité. Et cela expliquait pourquoi j'étais si résolue à vaincre *Tueur de fantômes,* ce jeu prétendument invincible.

Et peut-être qu'un jour mes parents reviendraient et que je pourrais les *aider*.

Grand-maman cessa de tapoter ma main et s'adossa à sa chaise. La sauce au fromage commençait déjà à figer dans nos assiettes. Elle prit une bouchée. J'en pris une petite à mon tour. L'aspect n'était peut-être pas très appétissant, mais c'était bon au goût. Sans même m'en rendre compte, j'avais mangé ma première portion et je m'en étais servi une deuxième. Je demandai à grand-maman si je pouvais l'apporter à l'étage. Ainsi, je pourrais manger en utilisant mon ordinateur. Je glissai quelques sachets de sel et de poivre dans ma poche — grand-maman en prenait toujours dans les établissements de restauration rapide en proclamant « Pas de gaspillage » — et je sortis de table. Une fois que j'eus monté l'escalier, je me sentis redevenir moi-même.

Cela changea dès que j'entrai dans ma chambre.

Le fantôme du sous-sol m'attendait dans le noir.

CHAPITRE CINQ

Sous le choc, je sursautai et reculai vivement. Non pas à cause du fantôme en soi, mais parce que je n'avais jamais vu un spectre réapparaître une fois que je l'avais quitté. Je m'armai de courage et j'allumai la lumière. Cela ne fit pas disparaître le fantôme, mais je me sentis un peu moins effrayée.

Je refermai doucement la porte derrière moi.

— Que veux-tu? demandai-je en déposant mon assiette sur le bureau à côté de l'ordinateur.

L'apparition avait de grands yeux et des cheveux noirs en désordre. Elle ne bougea pas.

— Je suis venue pour t'aider, déclara-t-elle.

— Ça, tu l'as déjà dit.

Son franc-parler ne me troubla pas. La plupart des fantômes à qui j'avais eu affaire avaient la même attitude, comme si les bonnes manières des gens mouraient en même temps que leur corps. Et cela me convenait parfaitement. Plus tôt je pourrais me débarrasser d'elle, mieux ce serait.

— M'aider comment?

Elle hésita tandis qu'elle sondait ma chambre du regard, l'air de chercher à gagner du temps tout en décidant comment procéder.

— Je sais ce que tu as fait, finit-elle par dire.

— Ce que j'ai fait? répétai-je, sincèrement déconcertée.

— Tu deviens trop proche, reprit-elle.

J'éprouvai une sensation de plus en plus désagréable.

— Je ne sais pas de quoi tu parles.

Elle commença à traverser la pièce vers moi.

— Tu es sur le point de causer notre destruction.

Elle s'approcha de plus en plus près, passant à travers mon lit plutôt qu'autour.

— Tu vas tous nous tuer!

— Un instant!

Je levai les mains en signe de protestation. Je commençais à perdre patience.

— Je ne vais tuer personne.

— Faux, dit-elle. Tu dois arrêter. Et si tu ne promets pas d'arrêter de ton plein gré, je t'obligerai à le faire.

Elle retroussa ses lèvres d'un air méprisant et montra ses dents comme un chien enragé, tandis que les reflets blancs de ses yeux noirs dansaient follement.

Que j'arrête quoi? me demandai-je. Ma colère se transforma aussitôt en peur. Je tâtonnai à l'aveuglette derrière mon dos. J'étais adossée à la porte. Je pouvais l'ouvrir et me sauver en courant, mais à quoi cela me servirait-il? Si ce fantôme dément voulait me faire du mal, il me rattraperait en quelques secondes.

Mon pouls résonnait dans mes oreilles. Je sentis la panique s'emparer de moi. Et pourtant, une idée émergea.

Que se passerait-il si les techniques qui fonctionnaient dans *Tueur de fantômes* fonctionnaient aussi dans le monde réel? Plus précisément, que se passerait-il si les munitions du brûleur d'âmes pouvaient vraiment faire fuir les fantômes? Pas le fer, la calcédoine ou l'énergie — je n'en avais pas à la portée de la main —, mais j'avais autre chose.

Je sortis de ma poche un des sachets de sel de ma grand-mère. Je le déchirai d'un geste rapide et lançai le contenu au visage de la revenante.

Cela fonctionna. Le sel ne l'atteignit pas, mais elle poussa un cri de terreur, vola de l'autre côté de la pièce et disparut à travers le mur.

Incrédule, je contemplai le sachet vide un instant, puis je le jetai dans la corbeille à papier. Mon soulagement fut de courte durée. Et si le fantôme revenait au milieu de la nuit, pendant mon sommeil? Cette revenante était folle et en colère, une combinaison néfaste, et je serais sans défense.

J'avais encore deux sachets de sel dans ma poche. Je les ouvris et répandis le sel en formant un cercle autour de mon lit. Grand-maman ne serait pas ravie si elle découvrait que j'avais versé du sel sur le tapis, mais c'était préférable à la perspective d'être tuée pendant mon sommeil par un fantôme.

J'éteignis la lumière et me glissai sous les couvertures. Je passai quelque temps à rejouer le dernier niveau de *Tueur de fantômes* dans ma tête. Je faisais cela presque toutes les nuits depuis que j'avais acheté le jeu, quelques mois plus tôt. Je cherchais un indice, un petit détail que j'avais peut-être négligé dans la cabane et qui me permettrait de vaincre la Fumerolle. Et ce soir-là, après la confrontation que je venais de vivre, j'avais besoin d'une distraction.

Mais, comme tous les autres soirs, je ne trouvai rien. C'était comme si le jeu avait été délibérément conçu pour être imbattable. Sinon, il y avait peut-être un bogue dans sa programmation.

Malheureusement, mes pensées revinrent au fantôme.

Tu es sur le point de causer notre destruction, avait dit la revenante. *Tu vas tous nous tuer.*

Quelle tragédienne! Même si je voulais provoquer l'apocalypse à moi toute seule, comment y parviendrais-je?

Je chassai cette pensée et fermai les yeux. Tout en me laissant gagner par le sommeil, j'imaginai le fantôme debout dans l'ombre à côté de mon lit. Ses cheveux noirs encadraient son visage et ses yeux morts me dévisageaient avec fureur.

Ma dernière pensée fut que ce n'était peut-être pas un rêve... peut-être que la revenante était en train de me regarder...

Puis je sombrai dans un sommeil troublé.

CHAPITRE SIX

C'était le milieu de la nuit.

Je m'assis dans mon lit et glissai mes pieds par-dessus le bord. Ils se balancèrent là un instant, suspendus à l'endroit idéal pour que la chose ou la personne cachée sous le lit n'ait qu'à tendre la main pour les attraper.

Je me levai et traversai lentement la pièce, comme une somnambule, renonçant à la sécurité du cercle de sel.

Sans faire de bruit, je descendis au sous-sol où je m'assis à ma place habituelle sur le sofa.

Un bruit étrange, un bourdonnement sourd, provenait des murs.

Une odeur âcre — quelque chose en décomposition — venant de je ne savais où flotta sous mon nez.

Je contemplai en silence l'écran de la télévision. Étais-je descendue là pour jouer à un jeu vidéo?

Pour regarder un film de fin de soirée ou un épisode ou deux des *Hurleurs*? Je ne m'en souvenais plus. J'avais l'esprit confus, je pensais lentement.

Un petit point blanc lumineux scintillait au milieu de l'écran. Avais-je allumé la télé? Je regardai ma main droite. Je tenais la télécommande, mais honnêtement, je ne me rappelais pas avoir appuyé sur le bouton d'allumage — ni même avoir pris cette télécommande.

Le point blanc devint plus gros, lentement, un peu plus gros, toujours lentement, de plus en plus gros, mais lentement, lentement, très lentement.

Déconcertée, je fronçai les sourcils et j'éclatai de rire en me demandant ce qui...

Le fantôme jaillit de l'écran dans un fracas assourdissant. Des éclats de verre volèrent dans toutes les directions. Mon corps se tendit et ma bouche s'ouvrit sur un cri silencieux.

Mais la revenante, elle, n'était pas silencieuse. Elle hurla en se dégageant de l'écran fracassé et tendit la main vers ma gorge. Ses ongles s'étaient transformés en griffes acérées et sa peau semblait plus blafarde qu'auparavant.

— Tu nous tueras tous, je te tuerai! scanda-t-elle d'une voix haut perchée à glacer le sang dans les veines. Tu nous tueras tous, je te tuerai! *Tu nous tueras tous, je te tuerai!*

Elle enfonça ses doigts dans la chair tendre de mon cou et serra.

— Non, essayai-je de dire, mais je ne pouvais rien dire du tout.

Mon pouls ralentit, mon cœur cessa de battre, tout devint noir et je me réveillai.

CHAPITRE SEPT

Le lendemain matin, je me réveillai épuisée et endolorie, mais heureuse que c'était un dimanche : je pourrais passer la journée à ne rien faire.

J'allai à la salle de bains et je fis ruisseler de l'eau sur mon visage. Pendant la nuit, je m'étais réveillée en proie à un cauchemar, mais il avait déjà commencé à s'effacer de ma mémoire.

Après une douche rapide, je mangeai un bol de céréales avec grand-maman, puis j'envoyai un texto à Harold pour lui demander de venir. J'attrapai le dernier sachet de sel de grand-maman (au cas où), une boîte de Pop-Tarts givrées aux mûres et une cannette de soda mousse (le deuxième déjeuner des champions), puis je descendis au sous-sol. Harold me répondit pendant que je lançais le sel et la nourriture sur la table basse. Je me laissai tomber sur le canapé et j'allumai ma console de jeux vidéo. Harold descendit l'escalier vingt minutes plus tard, au moment où j'atteignais la cabane de la Fumerolle.

— Ça va? lui demandai-je lorsqu'il s'assit à sa place habituelle à côté de moi.

J'étais si captivée par le jeu que je n'avais même pas entendu ma grand-mère lui ouvrir la porte.

— Quoi de neuf? répondit-il.

J'entrai dans la cabane sans m'arrêter pour vérifier ce qui était écrit sur le tueur de fantômes attaché à mon poignet ou m'assurer que mon brûleur d'âmes était bien chargé et prêt à s'activer. J'avais si souvent atteint ce stade du jeu que je le connaissais sur le bout des doigts. D'ailleurs, je savais aussi que j'allais très probablement connaître une mort tout à fait horrible, alors pourquoi prolonger l'attente?

— Occupe-toi à tuer ou occupe-toi à mourir, dis-je sans intention de parler à voix haute.

— Hein?

— Oh! Hum, ça vient d'un livre. Ou d'un film. Je ne sais plus… Et je pense que j'ai modifié un peu la citation.

J'entrai dans la première pièce à droite. Elle était vide. Je poursuivis mon chemin.

— Qu'est-ce qui t'arrive?

— De quoi tu parles?

Je ne quittai pas l'écran des yeux. Les deuxième

et troisième pièces étaient vides, elles aussi.

— Tu n'es pas comme d'habitude.

Je mis le jeu en attente et me tournai vers Harold. Jusqu'à présent, il était la seule personne à qui j'avais dit que je voyais des fantômes. Je n'en avais même jamais parlé à grand-maman. Je ne savais pas s'il me croyait, mais il n'avait jamais remis ma santé mentale en question.

— J'ai reçu la visite d'un fantôme hier soir, lui annonçai-je.

Voyant qu'il ne riait pas et qu'il ne levait pas les yeux au plafond, je lui racontai la suite. Je lui dis que la revenante ne cherchait pas de l'aide, mais semblait croire qu'elle avait besoin de m'aider, et qu'elle pensait que j'allais tuer tout le monde... et bla-bla-bla. J'insistai sur son aspect terrifiant. Je décrivis comment elle m'avait menacée au point que j'avais dû dormir à l'intérieur d'un cercle de sel pour ne pas être assassinée par elle au milieu de la nuit.

Harold garda un visage impassible pendant tout mon récit. Il en fallait beaucoup pour l'impressionner.

— Serait-il possible que le fantôme t'ait dit la vérité? demanda-t-il. Se pourrait-il que tu sois sur le point de causer notre destruction?

— Absolument pas, répliquai-je vivement. C'est ridicule!

Mais l'expression d'Harold était si sérieuse, si sincère que je me sentis obligée de réfléchir à sa question.

— Pourquoi? Toi, crois-tu que c'est possible?

Il haussa les épaules d'un air évasif.

— Je ne sais pas. Sinon, pourquoi un fantôme se donnerait-il la peine de venir ici pour te le dire? Et les fantômes ont-ils le don de voyance ou quelque chose du genre?

Il haussa de nouveau les épaules.

— Tout ça n'a aucun sens.

— En effet, absolument aucun sens, acquiesçai-je. Non, je n'ai jamais rencontré de fantôme capable de prédire l'avenir. La plupart sont confus et ne sont même pas sûrs de ce qui se passe dans le présent. Plusieurs ne savent même pas qu'ils sont morts!

Je grimaçai en repensant à l'été précédent.

— Une fois, j'ai vu un fantôme décapité qui marchait dans la rue principale en insultant sa propre tête parce qu'elle était tombée. Il la tenait en place sur ses épaules et se demandait à voix haute — je ne plaisante pas — si son médecin pouvait l'examiner ce jour-là.

Harold pouffa de rire et secoua la tête.

— Je suis content de ne jamais voir ce genre de chose. Je serais un an sans pouvoir avaler une bouchée.

Je déballai une Pop-Tart et en mordis un coin.

— On s'y habitue, dis-je en mastiquant bruyamment, des miettes jaillissant de ma bouche à chaque mot.

— Pour une athlète, tu t'alimentes vraiment très mal, me fit remarquer Harold.

— Une ex-athlète, rectifiai-je.

J'engloutis le reste de ma pâtisserie et, armée de Toni, je repris le jeu.

— Je ne t'oblige pas à rester. Sens-toi libre de t'en aller si tu as peur de connaître une mort horrible et tragique.

Harold siffla entre ses lèvres.

— Ça n'arrivera pas.

— Ta mort horrible et tragique?

— Non, c'est toujours une possibilité. Je parlais de m'en aller. Si tu es sur le point de causer notre destruction, je veux un siège au premier rang.

— Ce sont tes funérailles, dis-je.

Je visitai quelques autres pièces dans la cabane de la Fumerolle sans rien trouver d'intéressant.

— Penses-tu que son avertissement soit lié à ta capacité de voir des fantômes? me demanda

Harold.

— Peut-être, répondis-je en haussant les épaules. Et peut-être pas.

— La revenante a dit que tu allais tous nous tuer. Les humains et les fantômes. C'est bizarre.

— Tout à propos d'elle était bizarre.

Tandis que je continuais à inspecter la cabane, mon esprit en mode « pilote automatique », je me mis à repenser aux niveaux précédents du jeu. Ce qu'Harold venait de dire me fit réfléchir. Le but de *Tueur de fantômes* était de voyager à travers une suite de lieux, tant urbains que ruraux, en chassant des fantômes pour les renvoyer au royaume souterrain à l'aide du brûleur d'âmes. Chacun de ces fantômes, y compris de très vilains qui apparaissaient à la fin de chaque niveau, avait été convoqué par la Fumerolle, une sorte d'être suprême ancien, tout-puissant, déterminé à tuer tous les habitants de la planète de façon à s'emparer de leurs esprits.

Quand on jouait à ce jeu, notre personnage était le seul pouvant empêcher l'apocalypse.

J'étais sur le point de vaincre la Fumerolle... je le sentais... mais la revenante était apparue dans la vraie vie pour me dire que l'apocalypse était proche et que, d'une certaine façon, c'était ma faute.

Je secouai la tête et haussai les épaules. C'était

une simple coïncidence, rien de plus.

La Fumerolle apparut soudain dans une chambre.

— Tu n'es pas digne de vivre, dit-elle.

Elle ne me laissa même pas le temps de réciter les paroles habituelles : que j'étais venue pour la renvoyer au royaume souterrain, qu'elle était une agente des ténèbres et tout ça.

— Mais tu es digne de mourir, conclus-je avec elle.

Ses yeux se rétrécirent et s'assombrirent. L'air vibra, saturé d'électricité. L'orbe qui flottait au-dessus de sa main devint de plus en plus brillant. Il ressemblait à une boule de feu d'un blanc bleuté.

Et puis, pour la cent dixième fois, je mourus.

Assez, pensai-je. *Je ne vais pas mourir cent onze fois. Pas question.*

Mais comment? Comment pouvais-je vaincre une ennemie ultime invincible?

J'eus alors une idée.

CHAPITRE HUIT

J'éclatai de rire. Oui, comme la timbrée que j'avais si souvent juré à Harold que je n'étais pas.

Mais ce à quoi je ressemblais m'importait peu. J'avais une idée.

Les mots TU ES MORTE tournoyaient sur l'écran comme la fumée d'une chandelle éteinte.

— Quelque chose de drôle, dingo? me demanda Harold.

— Ouais, peut-être, répondis-je en ignorant sa plaisanterie. Hier, tu as dit que l'orbe de la Fumerolle te rappelait quelque chose. Tu avais lu à ce sujet sur Wikipédia. Qu'est-ce que c'était?

— Un feu follet.

J'acquiesçai d'un signe de tête.

— Et si tu avais raison? Si l'orbe était vraiment l'âme de quelqu'un? Ça voudrait dire que le feu follet n'est pas venu pour détourner les gens du chemin. Il est le chemin! Le chemin pour vaincre

la Fumerolle.

L'espace d'un instant, Harold n'eut pas l'air de croire mon idée, puis ses yeux s'agrandirent soudain et il porta son poing à sa bouche comme s'il avait besoin de mordre quelque chose. Il se leva brusquement, prit la boîte de *Tueur de fantômes* sur la table basse et pointa le doigt vers la couverture.

— *Qui cherche un spectre le trouve!* Le slogan de *Tueur de fantômes!*

Je pouvais à peine le croire. Tout commençait à avoir du sens.

— Évidemment! C'est un indice caché. L'orbe est littéralement un feu follet, une âme, ou un spectre que la Fumerolle contrôle. N'as-tu pas dit que les fantômes sont de l'énergie? Si c'est vrai, et que l'orbe de la Fumerolle est un feu follet, il est peut-être la source de son pouvoir, comme une pile, et c'est grâce à lui qu'on pourra la vaincre et gagner la partie.

J'étais étourdie.

— Il faut trouver comment vaincre les feux follets.

Harold leva sa main libre. L'autre pianotait frénétiquement sur l'écran de son téléphone.

— J'ai pris de l'avance sur toi.

— Laisse-moi deviner. Wikipédia?

— Ouais.

Ses yeux couraient de gauche à droite pendant qu'il lisait en marmonnant. Puis il sourit.

— Je l'ai! Il existe plusieurs variétés de feux follets dans le monde, mais toutes les cultures semblent s'accorder sur le fait qu'ils sont des fantômes ou des fées qu'on peut voir la nuit dans les forêts ou les marécages. On ne parle pas beaucoup des moyens de les vaincre. La plupart des sources conseillent simplement aux gens de les éviter et, surtout, de ne jamais, jamais les suivre. Mais ici, on raconte qu'autrefois, dans certaines parties de l'Europe, de l'Asie et de l'Amérique du Sud, on croyait que si on parvenait à capturer un feu follet et à le submerger, sa flamme s'éteindrait et l'âme serait libérée.

— C'est ça, dis-je. Il faut que ce soit ça. Il ne me reste plus qu'à trouver le moyen d'immerger l'orbe de la Fumerolle.

— Serait-il possible de transformer ton brûleur d'âmes en pistolet à eau? demanda Harold d'un air dubitatif.

— Non, on ne peut pas le modifier. Il envoie du sel, du fer, de la calcédoine et de l'énergie. Point final.

— Y a-t-il de l'eau à l'extérieur de la cabane? Un lac ou une rivière, peut-être, où tu pourrais attirer la Fumerolle?

— Je n'en ai jamais vu, et elle ne sort jamais de

la cabane. Elle ne quitte même pas la pièce où elle apparaît à chaque nouvelle partie.

— Et aux niveaux précédents? As-tu déjà vu une bouteille d'eau ou quelque chose que tu pourrais ajouter à tes accessoires?

Je secouai la tête.

— Je ne crois pas. Mais j'imagine que je pourrais recommencer, rejouer chaque niveau, chaque mission, juste pour m'en assurer.

Cette pensée m'arracha un soupir. Ce serait tellement déprimant. Tellement ennuyeux. Je pris une autre bouchée de Pop-Tart que je mâchouillai machinalement.

Harold réclama la dernière de la boîte. Il en mastiqua une bouchée, l'avala et se redressa sur le canapé.

— Et le lavabo de la salle de bains?

— Dans la cabane? Il ne fonctionnait pas, tu te rappelles? Pas d'eau.

— Il ne fonctionnait pas comme tu t'y attendais, mais il fonctionnait. Ce n'est pas comme si *rien* n'était sorti du robinet quand tu l'as ouvert, je veux dire.

— Ouais, mais c'était du sable, pas de l'eau. Tu as dit...

— ... que pour vaincre un feu follet, on doit le

submerger. Le site Web ne disait pas qu'il fallait que ce soit dans l'eau. Et si l'orbe ressemble à du feu...

— ... le sable fonctionnerait aussi!

— Ça vaut le coup d'essayer, conclut-il, radieux. Mais comment sortir le sable de la salle de bains?

Je me creusai les méninges sans trouver comment le jeu me permettrait de ramasser le sable et de le transporter dans une autre pièce. Quand je mettais ma main sous le jet, le sable se répandait sur le plancher, mais je ne pouvais pas le ramasser.

— Je ne sais pas.

— Tu pourrais rejouer jusqu'à ce que la Fumerolle soit dans la salle de bains. Tu lui lancerais alors du sable.

— Peut-être, mais chaque fois que j'entre dans une pièce, elle me tue en l'espace d'une ou deux secondes. Je n'aurai pas le temps d'ouvrir les robinets, encore moins de lui lancer du sable.

Nous étions sur le point de trouver la solution, plus proches que jamais. Il fallait que ce soit la réponse. Il le *fallait*.

Je ne pouvais pas accepter l'idée que le jeu soit vraiment imbattable.

— Et si...

Mon esprit élaborait des pistes d'idées. Je ne savais pas trop où ces voies pourraient me conduire, mais le train se mit néanmoins en route.

— Et si la Fumerolle n'avait pas besoin d'être dans la salle de bains, mais ailleurs? Si… j'entrais dans la salle de bains, seule, et ensuite…

Cela me frappa.

— Quoi?

— Oh! Mon Dieu! m'écriai-je en me levant lentement.

— Quoi? hurla Harold en se levant avec moi.

— Je ne pourrai peut-être pas apporter le sable dans une autre pièce, et la Fumerolle sera peut-être trop rapide pour être tuée quand elle sera dans la salle de bains, mais peu importe.

— J'aime quand tu as cette attitude.

— Peu importe, répétai-je, parce qu'il y a un bogue dans ce jeu. Je n'ai pas besoin de rejouer jusqu'à ce que la Fumerolle soit dans la salle de bains. Je dois rejouer jusqu'à ce qu'elle soit dans la cuisine, à côté de la salle de bains!

— Et ensuite…

— Ensuite, je lancerai le sable sur son orbe, le feu follet, quand il apparaîtra accidentellement à travers le mur.

— Et alors…

Je souris à Harold. Il me rendit mon sourire.

— Alors, il n'y aura plus de Fumerolle.

CHAPITRE NEUF

Nous nous rassîmes. Harold me tendit Toni. Je
recommençai à jouer.

Le premier arrêt fut la salle de bains. J'examinai
le mur, mais la Fumerolle ne le traversa pas. Avant
de sortir, je testai le robinet juste pour m'assurer
qu'il fonctionnait toujours et qu'il en coulait du
sable.

Je sortis, trouvai la Fumerolle, et je mourus.

Je m'étais dit que cela me prendrait peut-être
toute la journée, alors je fus prise au dépourvu
quand, à l'essai suivant, j'entrai dans la salle de
bains et vis le bras et la jambe de la Fumerolle
traverser le mur. Je bondis vraiment, ce qui était
étrange, car j'avais passé tellement de temps à jouer
à *Tueur de fantômes* que je ne clignais même plus
des yeux quand des fantômes et des esprits cachés
des niveaux précédents surgissaient soudain hors
de l'ombre. Ces tactiques de peur me laissaient de

marbre. Mais je faillis m'évanouir devant un coude et un genou apparaissant à travers le mur d'une salle de bains.

— Alors, dit Harold en essuyant ses paumes sur son pantalon. Ça y est.

— Ça y est, répétai-je.

J'avais la gorge sèche. J'approchai la cannette de soda mousse de mes lèvres, mais elle était vide.

Tic, tac, tic, tac, scandait l'horloge murale.

La Fumerolle flottait de haut en bas, d'un côté à l'autre. De temps en temps, le contour de son orbe était visible pendant un bref instant, mais jamais son visage. Je savais donc qu'elle ne pouvait pas me voir. Gracieux et hypnotique, son mouvement était tout à fait prévisible.

J'ouvris le robinet. Du sable commença à remplir le lavabo.

Mon pouls s'accéléra, mon cœur se mit à battre plus vite comme s'il essayait de traverser ma poitrine.

Je mis ma main sous le robinet. Du sable s'éparpilla dans le lavabo, puis sur le sol autour de mes pieds.

— V, dit Harold.

Il semblait loin, très loin.

— Qu'est-ce que tu attends?

Tic.

Je regardais la Fumerolle se balancer.

Tac.

J'écoutais le crépitement d'un millier de grains de sable danser sur le plancher.

Tic.

J'attendais ce moment depuis des mois.

Tac.

Et c'était arrivé.

L'orbe traversa le mur. Je tournai ma main et je lançai un jet de sable dans sa direction.

Le temps accéléra ou ralentit. Je ne me souviens pas exactement, mais ce dont je me souviens clairement, c'est ce qui se passa quand le sable frappa l'orbe.

Je ne l'oublierai jamais.

La Fumerolle mourut. Je n'entendis ni fracas ni gémissement.

Elle mourut avec un G. Puis un H. Puis un autre G, un autre H. Puis avec F, G, P, Q, H, I, P, Q, suivis par une foule d'autres lettres et une multitude de 1 et de 0. Le jeu se figea et la suite aléatoire de lettres et de chiffres défila à travers l'écran de droite à gauche. Quand elle eut atteint le centre, elle s'immobilisa, clignota et disparut.

L'écran devint noir et la console s'éteignit en

produisant un *crac* électrique sonore suivi d'un sifflement aigu qui s'estompa lentement.

Je demeurai immobile, sans cligner des yeux, sans respirer, jusqu'à ce qu'Harold brise le silence.

— Hum, qu'est-ce qui vient d'arriver?

— Je pense que j'ai battu *Tueur de fantômes*, répondis-je. Et j'ai détruit ma télévision en même temps.

Mais la télévision n'était pas morte. Elle se ralluma, et la console se ralluma aussi.

Les mêmes caractères fumeux qui flottaient à la fin de chaque partie apparurent. Mais au lieu des mots TU ES MORTE, je lus TU AS GAGNÉ.

J'avais gagné. Après avoir passé des heures, des jours, des mois à jouer à un jeu que personne ne pouvait battre, moi, Ève Vanstone, j'avais gagné.

Je ne pouvais pas le croire.

Je pris une photo de l'écran avec mon téléphone. Mes mains tremblaient tellement que l'image était floue, mais on pouvait encore déchiffrer les mots.

Puis la fumée s'envola et les mots changèrent. On ne lisait plus TU AS GAGNÉ.

En silence, ils proclamaient maintenant TOUS VONT MOURIR.

CHAPITRE DIX

— Hum, V? demanda Harold. Qu'est-ce que c'est censé vouloir dire?

Tous vont mourir. Le message semblait plutôt clair, mais ce n'était pas une réponse adéquate.

— Je ne suis pas certaine, dis-je plutôt en secouant la tête. Une accroche pour une suite, peut-être? Ou bien le programmeur a eu une idée bizarre pour faire une blague cachée?

Il fallait que ce soit ça. C'était un œuf de Pâques inoffensif. Les jeux vidéo regorgent de ce genre de chose.

Mais l'avertissement que m'avait donné la revenante surgit soudain dans ma tête : *Tu es sur le point de causer notre destruction. Tu vas tous nous tuer.*

TOUS VONT MOURIR continuait de tournoyer en silence sur l'écran. Où était le générique de la fin? Pourquoi le jeu ne se réinitialisait-il pas sur l'écran d'accueil? Je pressai quelques boutons sur

Toni, sans aucun résultat.

Je me levai, traversai la pièce et m'agenouillai devant le téléviseur.

— Qu'est-ce que tu fais? me demanda Harold.

Il paraissait inquiet.

— J'éteins la console, répondis-je. Le jeu est bogué. Rien d'étonnant, vu qu'il y a eu un pépin quand j'ai battu la Fumerolle.

Je le dis en partie pour rassurer Harold, mais surtout pour me rassurer, moi. Je savais que le jeu n'était pas bogué. Les mots bougeaient toujours. C'est juste que je n'étais plus capable de rester là à les regarder.

J'inspirai profondément et posai le bout de mon index sur le bouton de mise en marche.

Dès que ma peau toucha le plastique, mais avant que j'aie appuyé sur le bouton, les mots sur l'écran s'effacèrent. Je retirai ma main et regardai le téléviseur. Après quelques secondes, une suite de caractères et de symboles bizarres apparut.

— Tu reconnais cette langue? demandai-je à Harold.

— Jamais rien vu qui ressemble à ça.

— Moi non plus.

Les mots étaient un mélange étrange de caractères ronds, élégants, et de lignes irrégulières qui ressemblaient davantage à des barres obliques qu'à des lettres. Ils avaient l'air *en colère*.

Cette langue bizarre se transforma lentement en lettres reconnaissables.

Je lus les mots à voix haute. *Slith sekae, slith hasei. Kahorra meen, vokalai skanda ilk hokuun. Kalaharra, tanzinae. Exat.*

Les lumières du sous-sol s'affaiblirent. La température chuta au point que nous pouvions voir notre souffle sortir de nos bouches en épais nuages blancs. Le givre dessina des toiles d'araignée dans les petites fenêtres près du plafond. Les murs se mirent à trembler. L'air se mit à vrombir. Nous avions peine à respirer. Je sentais mon cœur lutter pour battre, comme s'il avait été piégé dans un bocal trop petit. J'avais la chair de poule et mal à la tête. Je me pliai en deux et mis mes mains sur mes tempes en gémissant. Cela ne me fut d'aucun secours.

Puis je levai les yeux.

Flottant à trente centimètres du sol, entre le téléviseur et moi, il y avait un fantôme. Pas celui de la veille.

La Fumerolle.

CHAPITRE ONZE

— Qui m'a convoquée?

La Fumerolle s'exprimait avec un mélange de grâce et de hargne, l'air à la fois ennuyée et excitée, calme et énergique. Elle était exactement comme dans le jeu, avec sa peau d'un blanc bleuté qui luisait faiblement et ses yeux noirs et vitreux.

Également fidèle au jeu, elle tenait sa main gauche devant sa poitrine, paume vers le haut, et son orbe doré flottait au-dessus. On aurait dit une boule de verre qui aurait capturé un éclat de soleil.

Sans les contraintes qui accompagnent le fait d'être pixélisé, le brouillard qui l'enveloppait de la tête aux pieds tournait lentement, de façon hypnotique, aussi vivant et palpable que la brume à l'aurore. La Fumerolle dégageait aussi une odeur de forêt printanière, avec des notes sous-jacentes de pierre mouillée, de paillis décomposé et de fumée de bois. Comme le brouillard, son odeur était quelque chose d'impossible à rendre de façon exacte dans le jeu.

J'essayai de déglutir, mais j'avais la bouche sèche.

— Hum... dis-je en réponse à sa question.

Ce n'était pas mon entrée en matière la plus éloquente, mais je ne parlais pas tous les jours à l'être qui gouvernait le royaume souterrain.

— Si tu es convoquée quand on bat *Tueur de fantômes,* alors ce serait, euh, moi.

Je levai la main comme un bambin qui a besoin d'aller aux toilettes à la maternelle, puis, me sentant idiote, je me hâtai de l'abaisser.

— Je m'appelle Ève Vanstone, repris-je.

Je grimaçai aussitôt. *Tais-toi,* m'ordonnai-je. *Ne révèle rien d'autre.*

La Fumerolle me regarda avec un détachement désinvolte auquel s'ajoutait une note d'amusement, ou peut-être d'incrédulité. Je ne savais pas trop. C'était presque impossible de deviner ce qu'elle pensait.

— Merci, Ève Vanstone, dit-elle. Tu es une amie du royaume souterrain.

Une amie du royaume souterrain? Non, non, non. Elle se trompait de fille. La réplique que disait mon personnage presque chaque fois que je l'affrontais dans le jeu — *Je suis venue pour te renvoyer au royaume souterrain* — résonna dans ma tête. La Fumerolle semblait croire que j'étais de son côté, que je l'avais convoquée à dessein. Mais je présume que la vraie Fumerolle ne savait pas qu'elle m'avait tuée cent douze fois ou que je l'avais tuée une fois. Elle ne savait pas que nous étions des ennemies.

Je faillis le lui dire. Je faillis hurler : « Tu es une agente des ténèbres et tu n'es pas la bienvenue ici parmi les vivants. » Mais je me tus. Elle pouvait probablement nous tuer, Harold et moi, d'un seul claquement de doigts.

— Oui, dis-je en m'inclinant.

J'aperçus Harold. Il avait l'air déconcerté, alors je lui adressai un clin d'œil pour lui faire comprendre que je jouais la comédie.

— Je... hum... j'adore le royaume souterrain. C'est l'endroit que je préfère dans le monde. Ou devrais-je dire le monde souterrain? Je n'y suis jamais allée.

— Chaque chose en son temps, répondit la Fumerolle.

Elle esquissa un mince sourire qui révéla ses dents trop pointues.

— Rappelle-toi que tu dois mourir.

J'eus un haut-le-cœur et j'enfonçai mes ongles

dans mes paumes pour ne pas vomir.

— *Tout le monde* va bientôt mourir, ajouta-t-elle.

Le brouillard se mit à tournoyer plus vite autour d'elle et elle s'éleva plus haut dans les airs.

— Nous nous reverrons, Ève.

Je hochai la tête. Je ne pouvais pas faire grand-chose de plus.

La Fumerolle se tourna et traversa le mur derrière le téléviseur, suivie par une traînée de brume. Juste avant qu'elle ne disparaisse, j'aurais juré entendre l'orbe pousser un cri assourdi.

J'inspirai profondément dès qu'elle fût partie. J'avais l'impression de n'avoir pas respiré normalement depuis son apparition.

— Qu'est-ce que c'était? demanda Harold dans mon dos.

— C'était la Fumerolle, répondis-je.

— Ce n'est pas ce que je voulais dire.

— Ouais, je sais, dis-je à voix basse en hochant la tête.

Incrédule, Harold secoua la tête et expira lentement.

— D'après toi, *Tueur de fantômes* a-t-il été délibérément conçu pour être imbattable, pour essayer d'empêcher la Fumerolle de sortir?

Je haussai les épaules. Cette pensée me donnait

la nausée. Avais-je fait quelque chose que je n'étais pas censée faire?

C'était une question stupide. J'avais évidemment fait quelque chose que je n'étais pas censée faire.

— Eh bien, ça aurait pu être pire, continua Harold.

— Comment est-ce que ça aurait pu être pire?

— La Fumerolle aurait pu nous tuer. Je parie qu'elle nous aurait tués si vous n'étiez pas des amies intimes.

— Nous ne sommes pas des amies intimes, dis-je.

Mon humeur s'améliora tandis que mon rythme cardiaque revenait à la normale.

— Tu as raison, ça aurait pu être pire. Mais à présent, la Fumerolle est sortie pour faire ce que font les fumerolles.

— Crois-tu...

Harold hésita, puis il déglutit.

— Crois-tu que c'est ce que la revenante voulait dire quand elle a déclaré que tu allais tous nous tuer?

— Oui, répondis-je sans hésitation, sûre de moi. Oui, c'est ce que je pense.

— La fin du monde...

— Et tout est ma faute.

— Alors, qu'est-ce qu'on fait?

Je soupirai. Je n'en savais rien. De toute évidence, nous devions faire quelque chose. Mais quoi?

— Si on en parle à tes parents ou à ma grand-mère, ils vont nous prendre pour des fous. Si on va voir la police, elle va nous prendre pour des fous. Si on essaie d'avertir les médias, ils vont nous prendre pour des fous. Tu vois le scénario?

— Mais on ne peut pas rester là sans rien faire!

J'étais d'accord avec Harold, mais je ne pus le lui dire.

La revenante de la veille traversa le mur.

— Qu'as-tu fait? vociféra-t-elle, le regard dément. Je t'avais prévenue. Je t'avais prévenue!

Une seconde plus tard, elle était devant mon visage et ses longues mains pâles serraient mon cou.

Je ne pouvais plus respirer. Des étoiles explosèrent devant mes yeux. Puis, aussi vite que lorsqu'on éteint une lumière, tout devint noir.

CHAPITRE DOUZE

Je me réveillai. J'étais allongée au milieu du plancher, là où la revenante m'avait attaquée. J'ignorais combien de temps j'avais perdu connaissance, mais je n'avais pas l'impression que cela avait duré longtemps. Une minute ou deux, peut-être. Peut-être moins.

Harold était agenouillé à côté de moi, l'air anxieux.

— Oh! V, tu vas bien, dit-il, soulagé. Ton visage est devenu bleu presque aussitôt que le fantôme a posé ses mains sur toi. Je n'avais jamais vu ça.

Je me redressai et je massai avec précaution ma tête douloureuse.

— Que s'est-il passé? Où est-elle?

Harold indiqua un coin du sous-sol.

La revenante boudait dans l'ombre. Elle nous regardait avec un mélange de haine et d'inquiétude.

— Tu la vois? demandai-je à Harold.

Il acquiesça. Les fantômes sont peut-être capables de contrôler qui les voit et qui ne les voit pas, et quand.

— Ne t'en fais pas, dit Harold. Elle t'a laissée dès que j'ai déchiré ça.

Il me montra le sachet de sel que j'avais apporté un peu plus tôt, ce matin-là.

— Et elle n'a pas l'air d'avoir très envie de t'approcher maintenant qu'elle sait ce que j'ai dans les mains.

— Merci, Harold, chuchotai-je.

Il sourit et hocha la tête en rougissant.

— Tu nous as tous tués! gémit la revenante. La Fumerolle n'a qu'un seul projet, qu'un seul but : tuer tous les êtres humains et faucher toutes les âmes. Et toi, ajouta-t-elle en pointant un doigt tremblant vers ma poitrine, tu l'as libérée.

— Ce n'était pas mon intention, me défendis-je. J'ai gagné à un jeu vidéo, rien d'autre. Et la dernière fois que j'ai vérifié, battre un jeu vidéo n'a jamais tué personne.

Je me tus pour réfléchir à quelque chose.

— Comment savais-tu que je libérerais la Fumerolle en battant *Tueur de fantômes?*

La revenante recula un peu. Elle passa ses doigts dans ses cheveux noirs et se massa le front.

— Je m'appelle Léda, dit-elle enfin.

Elle parlait d'une voix si basse que j'avais peine à l'entendre.

— Et je...

Elle hésita, puis reprit :

— Je travaillais pour Faucheuse. J'étais une conceptrice de jeux. J'ai créé *Tueur de fantômes*.

Ce fut un de ces moments de la vie où l'on n'a pas seulement l'impression que le temps ralentit, on a l'impression qu'il s'est arrêté. Net.

Je dévisageai le fantôme, Léda, tandis que j'absorbais ses paroles.

— Comment savais-tu que j'étais si près de battre *Tueur de fantômes?* balbutiai-je.

Pas très diplomate comme approche, mais les questions se bousculaient si vite dans ma tête que je sentais mon cerveau sur le point d'exploser.

Léda ne s'en alla pas, et je considérai cela comme un signe positif.

— Je peux contrôler les appareils électroniques, les téléphones, les ordinateurs, les tablettes. Si je le veux, je peux aussi les court-circuiter. Je n'ai même pas besoin de les toucher physiquement. Je ne comprends pas tout à fait. Je ne crois pas être morte depuis longtemps. Mais après ma mort, j'ai vu tes messages sur le site Web de Faucheuse, et je suis venue te surveiller. Quand j'ai vu que tu disais la vérité et que tu étais sur le point de battre le jeu, j'ai paniqué et j'ai essayé de t'arrêter.

— Pourquoi ne m'as-tu pas dit ce qui allait arriver? Pourquoi as-tu essayé de m'effrayer hier soir?

Léda secoua la tête et frotta son visage, l'air sincèrement confuse.

— Je ne sais pas ce qui m'a pris. Je n'aurais pas dû faire ça. C'était une erreur.

N'ayant jamais rencontré de fantôme vraiment rationnel, j'acceptai ses excuses.

— Tu as dit que tu n'étais pas morte depuis longtemps. Quand est-ce arrivé?

— Je n'en suis pas sûre, répondit Léda. Pas exactement. Le temps est difficile à suivre. Il est rapide, il est lent. Il ne suit pas un chemin direct comme il en avait l'habitude. Il y a une semaine, peut-être? Un an?

Harold prit son téléphone et chercha « léda faucheuse » sur Google.

— Tu as été victime d'un délit de fuite à Halifax. Le chauffeur a pris la poudre d'escampette. C'est arrivé le 1er novembre, le lendemain du jour de la mise en marché de *Tueur de fantômes*. Un moment mal choisi.

Il leva vivement les yeux et rougit.

— Désolé. Je ne voulais pas dénigrer ta mort.

— Ça va, dit Léda, l'air néanmoins déprimée.

— Excuse-moi, Léda, dis-je. Je sais que tu es confuse et bouleversée, mais pourquoi as-tu conçu *Tueur de fantômes* pour libérer la Fumerolle si tu savais ce qu'elle ferait?

Elle cessa de me regarder et secoua la tête.

— Je ne m'en souviens plus.

— Tu te rappelais qu'elle serait libérée quand le jeu serait battu et ce qu'elle planifiait de faire une fois libre...

Je m'arrêtai et inspirai profondément pour me calmer les nerfs (je n'y parvins pas) avant de continuer.

— Mais tu ne te rappelles plus pourquoi tu as rendu ça possible?

— Non, je suis désolée, mais j'ai oublié.

Je soupirai.

— Sais-tu comment la vaincre? Ou même où elle ira? As-tu des idées?

Léda regarda au loin et secoua la tête. Elle semblait se sentir aussi coupable que moi. Que cela nous plaise ou non, nous étions ensemble dans cette affaire. Mais Harold... Harold n'avait pas à s'impliquer davantage.

— Si tu préfères rentrer chez toi maintenant, Harold, je comprendrai, vraiment, dis-je.

Il semblait sur le point de vomir, mais il réussit à secouer la tête.

— Non. Je reste avec toi, V.

Je m'obligeai à sourire et j'acquiesçai.

— Comme ça, tu ne sais vraiment pas comment rafraîchir ta mémoire, Léda?

À ma grande surprise, elle savait quoi faire.

— Oui. J'ai une idée. Mais elle ne va pas te plaire.

— Pourquoi?

— Nous devons aller à mon bureau, à Halifax.

— Pourquoi est-ce que ça ne me plairait pas?

Grand-maman avait déjà proposé de me conduire à la ville, et je voulais visiter Faucheuse depuis que j'étais devenue obsédée par *Tueur de fantômes*.

— Je me suis servie de vos cellulaires pour surveiller des sites de médias sociaux pendant toute notre conversation, dit-elle.

D'une certaine façon, je ressentais un sentiment d'intrusion. Pas parce mon téléphone contenait des renseignements très intimes, mais parce que c'était *mon* téléphone.

— Le mot-clic « brouillard à Halifax » se répand. Je crois que la Fumerolle est arrivée là avant nous.

CHAPITRE TREIZE

Pendant que nous roulions sur l'autoroute 101, de Wolfville à Halifax, je repensai aux événements surréalistes des vingt-quatre dernières heures.

Une revenante m'avait avertie que j'allais tuer tout le monde. Je l'avais ignorée et j'avais battu un jeu imbattable. Un esprit ancien, terrible et puissant, avait été relâché dans le monde. Et voilà que je me dirigeais vers la ville avec la revenante et mon meilleur ami à la recherche d'indices dans les bureaux de Faucheuse pour vaincre cet esprit malveillant.

Ça ressemblait au scénario d'un jeu vidéo vraiment tordu, mais sans piste sonore agréable, sans possibilité d'interrompre ou de recommencer le jeu s'il nous arrivait quelque chose de négatif. Oh! et ma grand-mère nous conduisait vers l'ennemie ultime, sans se douter qu'il se passait quelque chose d'anormal.

De toute évidence, grand-maman ne pouvait pas voir Léda, sinon elle aurait été absolument terrifiée.

La tête appuyée contre la fenêtre, les yeux dans le vague, Harold semblait un peu nauséeux. Grand-maman lui jeta un coup d'œil dans le rétroviseur.

— Ça va? lui demanda-t-elle.

— Très bien, murmura-t-il.

Il regarda brièvement Léda et grogna, comme s'il ne parvenait pas encore à croire qu'il pouvait la voir.

— J'ai mal au cœur en voiture, c'est tout.

— Ne t'inquiète pas pour lui, dis-je à grand-maman.

Non parce que je ne m'inquiétais pas, mais parce que je voulais que grand-maman se concentre sur la route. Le brouillard était de plus en plus dense à mesure que nous approchions d'Halifax.

Nous nous engageâmes sur l'autoroute 7 près de Bedford. Nous n'étions plus qu'à quinze minutes d'Halifax et des horreurs, quelles qu'elles fussent, qui nous y attendaient.

— C'est formidable.

Léda, Harold et moi étions dans le hall d'entrée des bureaux de Faucheuse, une vieille bâtisse de pierre dans la rue Lower Water, près du musée maritime de l'Atlantique. Léda nous avait amenés là quand nous avions quitté ma grand-mère. J'avais demandé à grand-maman si elle voulait que nous restions avec elle. Mais elle savait que des jeunes de notre âge n'auraient pas envie de passer un dimanche après-midi attachés à ses pas, avait-elle répondu. Nous avions donc convenu de nous retrouver au Split Crow à dix-sept heures pour le souper. Même si Léda doutait que quiconque travaille à son bureau un dimanche, elle tint à s'en assurer. Nous attendîmes dehors dans le brouillard en écoutant les passants parler de la température complètement détraquée. Une fois certaine que l'immeuble était vide, Léda déverrouilla la porte et nous laissa entrer.

Immobile comme une statue, j'absorbai ce qui m'entourait. Il était difficile de croire qu'après n'avoir été qu'une gamine essayant de battre *Tueur de fantômes,* j'étais à présent cette même gamine dans les bureaux de Faucheuse.

— Vraiment? dit Harold. Qu'est-ce que tu trouves de si formidable?

— Tout, répondis-je, émerveillée.

Harold examina le hall d'entrée et parut déconcerté.

— Je ne vois qu'un bureau, quelques portes, quatre murs ordinaires, trois affiches...

— Je sais, dis-je. C'est magnifique, non?

Je pointai le doigt vers la première affiche à ma gauche, sur laquelle on voyait une licorne blanche avec une corne arc-en-ciel.

— *Licorne au crayon arc-en-ciel*. Le premier jeu de Faucheuse. Le vilain dragon Smog a pollué le monde en le couvrant d'un nuage gris qui a aspiré toute la couleur. Il faut donc utiliser la corne de la Licorne au crayon arc-en-ciel pour tout recolorer. Ç'a été un échec total, probablement parce que les bambins de trois ans ne jouent pas beaucoup à des jeux vidéo et, ce qui est sidérant, parce que les ados et les adultes n'étaient pas intéressés.

— Très peu de gens connaissent *Licorne au crayon arc-en-ciel,* dit Léda avec un mélange d'étonnement et d'embarras. Il y a des mois que je voulais enlever cette affiche.

Je souris et indiquai une autre affiche montrant un requin de bande dessinée nageant vers la surface d'un lac où s'amusait une bande de singes.

— *Requinot le requin croque-singes*. Le deuxième jeu de Faucheuse. Sous-évalué, selon moi.

72

Cette fois, ce fut au tour de Léda de sembler confuse.

— Merci? dit-elle.

C'était à la fois une affirmation et une question.

— Dans le jeu, tu es Requinot le requin, repris-je, et, bon, tu croques des singes. C'est ça, vraiment. Très simple. Mais le jeu engendre une forte dépendance. Ç'a été un autre désastre total. Ensuite, bien entendu, *Tueur de fantômes* est arrivé.

Je montrai la dernière affiche sur le mur.

La Fumerolle informatisée nous dévisageait. Son regard pixélisé était lourd de menaces. J'eus froid dans le dos en me rappelant ce qui nous avait amenés ici.

Qui cherche un spectre le trouve.

— On devrait continuer, dis-je.

Je regardai l'heure sur mon téléphone. Il était presque midi. Ne pas savoir exactement où se trouvait la Fumerolle ou ce qu'elle manigançait était la pire chose imaginable.

Le bureau de Léda évoquait une scène de crime. Des piles de feuillets, de carnets et de livres traînaient sur chaque surface. Des papillons adhésifs couverts de gribouillis étaient collés autour de son ordinateur. Des ébauches de *Tueur de fantômes* et d'autres jeux en développement, c'est du moins ce que je supposai, étaient plaquées l'une par-dessus l'autre sur un grand tableau blanc accroché au mur.

Pour commencer, je pensai que quelqu'un avait saccagé le lieu après la mort de Léda. Mais quand je lui posai la question, elle secoua la tête.

— Non, j'étais juste toujours très occupée. Ça peut sembler chaotique, mais j'avais un système. Je savais toujours exactement où chaque chose se trouvait. Heureusement, on dirait qu'aucun de mes collègues n'est venu ici depuis ma mort.

— D'accord, c'est bien, dit Harold. Alors, où est l'indice que tu espérais trouver pour t'aider à te rappeler quelque chose d'important?

Léda secoua la tête.

— Je ne sais plus. Comme je l'ai dit, j'ai été confuse.

— Eh bien, commençons à chercher, dis-je.

Nous nous mîmes à fouiller dans les documents de Léda et les tiroirs de son bureau. Je trouvai bientôt un tout petit carnet sur une étagère. Les mots « La Fumerolle » étaient écrits sur la couverture.

— Bingo! m'exclamai-je.

Harold et Léda s'approchèrent et regardèrent par-dessus mes épaules.

— Mon carnet! s'écria Léda. J'ai effectué

beaucoup de recherches sur la Fumerolle quand j'ai commencé à concevoir *Tueur de fantômes*. Je voulais inclure dans le jeu le plus de fantômes réels possible.

Elle me prit le carnet des mains et l'ouvrit à la première page.

— Je me rappelle... J'ai lu au sujet de la Fumerolle sur un forum de discussion, mais je n'ai pas trouvé grand-chose d'autre en ligne. J'ai donc piraté le site Web et j'ai découvert une page secrète sous forme cryptée accessible seulement aux membres. C'est là que j'ai trouvé presque toute l'information.

— Comment s'appelait le site Web? voulut savoir Harold, qui alluma son téléphone et ouvrit un navigateur.

Léda réfléchit à la question pendant quelque temps, mais finit par secouer la tête.

— Je ne sais pas. Quelque chose avec quelques M.

— Mimi? demanda Harold en souriant.

Mais Léda ne rit pas.

Un *boum* assourdissant éclata dans mes oreilles et secoua les fenêtres. Je protégeai ma tête et me réfugiai sous le bureau de Léda, convaincue qu'on nous attaquait et que l'apocalypse avait commencé.

CHAPITRE QUATORZE

Les yeux fermés, les mains sur mes oreilles, je m'attendais à entendre les passants pousser des cris à glacer le sang dans les rues à l'extérieur du bureau. J'imaginais la Fumerolle volant dans les airs, armée d'une faux, en train d'abattre les gens et de récolter leurs âmes.

Rien ne se passa.

Le silence suivit le fracas qui m'avait précipitée au sol à la recherche d'un abri.

Je laissai tomber mes mains, j'ouvris les yeux et je regardai la pièce depuis mon refuge sous le bureau. Harold et Léda me rendirent mon regard. Non seulement ils ne s'étaient pas jetés sur le sol, mais ils ne paraissaient absolument pas perturbés.

Mes joues s'empourprèrent. Je me relevai.

— Vous avez entendu ça, non?

— Ouais, je l'ai entendu, répondit Harold.

— Et ça ne t'a pas fait bondir?

— Bien sûr que non. C'était juste le canon de midi.

Harold me lança un regard perplexe.

— Tu es déjà venue à Halifax, n'est-ce pas?

— Oui, je suis déjà venue à Halifax, admis-je, un peu irritée. Tu le sais, mais je suppose que c'était toujours plus tard dans la journée, parce que je n'aurais pas oublié ça, ajoutai-je en indiquant la fenêtre.

Avec l'école, Harold et moi avions fait une excursion au fort George sur la colline de la citadelle. En y repensant, je me rappelai vaguement une visite guidée au fort. On nous avait dit qu'on tirait un coup de canon chaque jour à midi.

— J'ai travaillé ici pendant des années et je ne m'y suis jamais habituée, dit Léda.

Je me sentis un peu moins mortifiée.

— Puis-je le revoir? demandai-je à Léda en pointant le doigt vers le carnet que j'avais trouvé.

J'avais hâte de changer de sujet et de reprendre nos recherches.

Elle acquiesça et me le tendit.

Je feuilletai le carnet. Des notes embrouillées étaient griffonnées à travers les pages, ce qui les rendait difficiles à déchiffrer, mais quelques phrases me sautèrent aux yeux.

Comme la Faucheuse, la Fumerolle ne peut pas tuer.

C'était bon à savoir.

Son principal objectif est la mort de tous les êtres humains vivants et l'asservissement de toutes les âmes.

Ce l'était moins.

« Rappelle-toi que tu dois mourir. »

Je tendis le carnet ouvert à Léda et lui montrai la phrase.

— C'est ce que la Fumerolle m'a dit avant de quitter le sous-sol. Tu l'as écrit ici entre guillemets. Te rappelles-tu pourquoi?

— C'était un mémento! laissa échapper Léda.

— Un mémento?

— Je pense.

Léda fronça les sourcils et se tapota le menton.

— Désolée. Ça n'a aucun sens, n'est-ce pas? Je ne suis même pas certaine de ce que signifie mémento. Je ne sais pas pourquoi j'ai dit ça.

— On dirait du latin, suggérai-je.

— Peut-être, répondit Léda.

— Mmm, dit Harold.

Assis au bureau de Léda, il feuilletait un petit livre noir.

—Tu as trouvé quelque chose, Harold? demandai-je.

—Hein?

Il releva brusquement la tête comme s'il avait oublié notre présence.

—Oh! J'ai trouvé ton agenda.

Il pointa le doigt vers le 1er novembre.

—Le jour où tu as été frappée par la voiture, tu n'avais qu'un rendez-vous avec un homme appelé Morrie.

—Morrie? répéta Léda. C'est mon écriture, mais je ne me rappelle aucun Morrie.

—Eh bien, selon ton agenda, tu l'as rencontré à 9 h 45.

Harold retourna voir dans les pages de l'agenda.

—C'est la seule fois où je vois son nom.

Léda parut encore plus désemparée que jamais.

—Morrie est peut-être un surnom pour Maurice, ou Morris, proposai-je.

—Non, je ne crois pas. C'est tellement frustrant. J'ai toujours eu une excellente mémoire, je...

Léda s'interrompit. Les yeux écarquillés, elle ouvrit la bouche. Elle se figea, dans un état de contemplation silencieuse.

— Qu'as-tu? demandai-je.

— Pas Morrie. Mori. Et memento.

Une commissure de ses lèvres se retroussa légèrement. Ce n'était pas tout à fait un sourire, mais je ne l'avais jamais vu paraître aussi contente.

— Memento mori!

— Memento mori? répétai-je avant de me tourner vers Harold.

Avant que je lui demande de consulter Google, il annonça :

— J'y suis.

Un instant plus tard, il leva les yeux de son écran.

— C'est une expression latine qui signifie « Rappelle-toi que tu dois mourir », dit-il. Dans la Rome antique, des esclaves suivaient les généraux victorieux quand ils revenaient du combat pour leur rappeler qu'ils étaient mortels et qu'ils mourraient un jour. Apparemment, c'était pour les empêcher de s'enfler la tête. À présent, les memento mori sont des objets et des œuvres d'art qui rappellent aux gens leur mortalité, surtout des crânes.

— C'est ça, approuva Léda. Ça me revient.

— Quoi d'autre? demandai-je.

Léda plissa son visage et poursuivit sa réflexion.

— Continue de chercher, dis-je à Harold.

Il fit défiler des sites Web jusqu'à ce que l'un d'eux retienne son attention.

— Certaines personnes croient qu'il existe une société secrète appelée Memento mori. Je ne trouve pas beaucoup d'information à son sujet…

— Parce qu'elle est secrète, plaisantai-je.

Harold poursuivit sans me prêter attention.

— Mais selon les théoriciens de la conspiration, les membres de Memento mori s'intéressent aux activités paranormales et à l'au-delà, et ils ont des sections dans tout le pays.

— Ça te rappelle quelque chose, Léda? demandai-je tout en continuant de regarder Harold.

Elle ne répondit pas.

Je me retournai. Harold leva les yeux.

Léda avait disparu.

CHAPITRE QUINZE

— Où est-elle allée? demanda Harold.

— Je n'en sais rien, dis-je. Tu as mentionné la société secrète, et elle s'est juste… *pouf*.

— C'est agaçant, cette manie de disparaître.

— Sans blague. Mais Léda est un fantôme, après tout.

Harold soupira.

— Alors, qu'est-ce qu'on fait maintenant?

— On pourrait essayer de la retrouver.

Je regardai par la fenêtre. La rue étant toujours enveloppée dans un épais brouillard, il était difficile de voir à plus de cinq ou six mètres dans toutes les directions.

— Mais où commencer à chercher?

— Même sans l'aide de Léda, il faut essayer d'arrêter la Fumerolle.

— Travaillons à reculons, suggéra Harold. Qu'est-ce que la Fumerolle cherche à accomplir?

Je lui montrai le carnet de Léda.

— D'après ceci et ce que Léda nous a confié, elle veut tuer tous les humains de la planète et réduire nos âmes en esclavage.

Harold cligna des yeux et passa ses doigts dans ses cheveux.

— C'est ambitieux.

— La bonne nouvelle, c'est qu'elle-même ne peut pas tuer les gens. C'est déjà ça.

— Étrange. Dans le jeu, la Fumerolle t'a tuée chaque fois que tu es parvenue jusqu'à elle, c'est-à-dire chaque fois sauf la dernière.

Harold resta silencieux un instant, puis il haussa les épaules.

— Quoi qu'il en soit, reprit-il, comment nous tuera-t-elle tous si elle n'a pas, tu sais, le pouvoir de le faire?

Je réfléchis à la question.

— Elle aura besoin d'aide.

— Comme dans...

— Comme dans *Tueur de fantômes*.

Je ne voulais pas y croire, mais c'était la vérité.

— Elle va rassembler une armée de morts.

— Bien entendu, approuva calmement Harold. Et elle se servira des fantômes pour exécuter ses ordres. Elle les obligera à tuer tout le monde.

J'acquiesçai d'un signe de tête.

— Nous aurons de la chance si la Fumerolle de la vraie vie est comme celle du jeu.

— Pourquoi?

— Parce que nous saurons comment la vaincre. Je l'ai fait une fois, et je peux le refaire.

Harold fit claquer ses doigts et sourit.

— Il faut submerger son orbe dans de l'eau ou du sable.

— La première chose à faire, c'est de déterminer où est la Fumerolle.

— Léda a dit avoir trouvé la plus grande partie de ses informations à propos de la Fumerolle sur un site Web, celui de Memento mori, sans doute, dit Harold. Dommage que nous ne puissions y accéder.

— Ce n'est pas nécessaire, dis-je en montrant le carnet. Léda l'a déjà fait pour nous, tu te rappelles?

Je le feuilletai en examinant ce qu'elle avait écrit tandis qu'Harold lisait par-dessus mon épaule. À peu près aux deux tiers du carnet, il me demanda d'arrêter et indiqua le haut de la page.

Fumerolle : captive dans le royaume souterrain (heureusement pour nous!), mais on peut la convoquer. Peut-être? Approfondir la recherche.

Saancticae : ancienne langue oubliée. Une formule

en saancticae doit être prononcée à voix haute pour convoquer la Fumerolle. Rechercher cette formule... ce serait amusant de l'ajouter au jeu (authentique)!

J'avais lu les mots à voix haute à la fin du jeu. Moi. Ajoutez ça à la liste de raisons pour lesquelles j'étais ultimement responsable du désastre dans lequel le monde était plongé.

On peut convoquer d'autres fantômes du royaume souterrain avec :
- *des séances de spiritisme*
- *l'aide d'un médium*
- *la canalisation d'esprits*
- *l'utilisation de planches de Ouija, de boules de cristal, de miroirs, de bougies, de trompettes, d'ardoises et d'armoires d'esprit*
- *d'innombrables autres moyens*

Le succès dépend beaucoup du lieu de la convocation! Les fantômes ne peuvent retourner que dans un endroit qui revêt un sens personnel pour eux (leur tombe, le lieu de leur mort). Mais les esprits convoqués peuvent en emmener d'autres avec eux.

Je peux utiliser ça dans Tueur de fantômes!
(La Fumerolle convoque un ou deux fantômes méchants,
qui en emmènent à leur tour d'autres, ce qui assure une
foule de fantômes à battre à chaque niveau.)

Les fantômes du royaume souterrain ne sont pas
tous méchants. Certains d'entre eux sont bons et
luttent pour empêcher les esprits malfaisants de
revenir. La plupart des âmes passent au-delà du
royaume souterrain vers des lieux inconnus d'où
elles ne reviennent jamais.

Je tournai la page et lus le paragraphe suivant, mais je refermai brusquement le carnet et le glissai dans une des poches de mon pantalon cargo.

— Hé! dit Harold en me regardant, déconcerté. Pourquoi as-tu fait ça?

Léda avait écrit que si quiconque parvenait un jour à convoquer la Fumerolle, cette personne se verrait octroyer une position de pouvoir à ses côtés dans le royaume souterrain. Si elle refusait, elle serait destinée à une éternité d'atroces souffrances... De même que ses amis, sa famille, tous ses proches.

J'essayais de trouver un prétexte pour avoir refermé le carnet quand j'en aperçus soudain un.

J'indiquai la fenêtre.

— Regarde, dis-je.

La lumière du soleil entrait. Dans la rue, la brume s'était levée. Elle avait dérivé vers le sommet de la colline, à l'ouest, et tournait autour du fort George sur la colline de la citadelle.

— Je crois que nous savons à présent où est la Fumerolle, dis-je.

CHAPITRE SEIZE

Chemin faisant, nous établîmes un plan. Pour commencer, il nous fallait du sel, tout le sel que nous pouvions transporter. J'essayai de ne pas regarder le brouillard quand nous entrâmes dans l'épicerie Pete's Fine Foods.

Nous nous dirigeâmes aussitôt vers l'allée de la farine et des épices.

— Nous devons garder nos mains aussi libres que possible, dis-je. Prends toutes les boîtes de sel que tu peux mettre dans un seul sac.

Je tentai de glisser une boîte dans une poche de mon pantalon cargo. Elle y entra tout juste.

— Une de plus pour faire bonne mesure.

Harold ouvrit le bec métallique sur le côté d'une des boîtes.

— Je préfère ça. Ce sera plus facile d'en lancer sur les fantômes qu'avec des sachets de sel.

Je jetai un coup d'œil dans l'allée et je m'aperçus

que nous n'étions pas seuls. Une femme et son bambin d'âge préscolaire nous regardaient, éberlués. De toute évidence, ils avaient entendu ce que Harold venait de dire.

Je rougis et bafouillai la première excuse qui me vint à l'esprit.

— C'est pour un... projet scolaire. Nous... nous tournons une vidéo.

Ç'aurait probablement été plus crédible si je ne m'étais pas arrêtée pour réfléchir à ce que j'allais dire ensuite.

— Une parodie de *SOS Fantômes*, précisa Harold, ce qui n'améliora pas beaucoup la situation.

Puis, juste comme je pensais qu'il ne pourrait plus empirer les choses, il ajouta :

— Qui allez-vous appeler?

La femme secoua la tête, saisit la main de son fils et s'éloigna rapidement.

Nous payâmes le sel, y compris la boîte dans ma poche, avant de sortir dans la rue. Nous n'avions pas de tueurs de fantômes attachés à nos avant-bras ni d'écouteurs pour entendre de l'activité paranormale ou de perçages dans nos langues pour amplifier nos voix et inciter les fantômes à nous obéir. Nous avions chacun un sac plein de sel de table. Nous ne pouvions pas faire mieux.

Tandis que nous nous dirigions vers le nord dans la rue Dresden, des gens s'agglutinèrent sur le chemin. La plupart d'entre eux regardaient la colline de la citadelle. Quand nous nous approchâmes de la foule, je m'aperçus que la majorité de ces gens étaient des fantômes. Miroitement bleu pâle, peau blafarde, yeux morts… la totale.

— Tu vois ça? demandai-je à Harold.

— Le brouillard sur la colline?

— Non, les morts qui *regardent* le brouillard sur la colline.

Deux adolescentes s'arrêtèrent soudain devant nous.

— Super bizarre, non? dit la première à sa compagne.

— *Super* bizarre, confirma la deuxième, tout excitée.

— Une photo! s'exclamèrent-elles à l'unisson.

Elles tournèrent le dos au brouillard, levèrent un téléphone, firent des mimiques (l'une faisait semblant d'être en état de choc tandis que l'autre avançait ses lèvres en bec de canard), elles prirent quelques photos, pouffèrent de rire et poursuivirent leur chemin. Elles marchèrent à travers un fantôme, totalement inconscientes d'avoir, l'espace d'un instant, traversé l'âme de quelqu'un.

— Ces deux filles étaient-elles des esprits? me demanda Harold.

Je fis signe que non.

— Alors, non, je ne vois pas de morts qui regardent le brouillard sur la colline.

C'était normal que je sois la seule capable de les voir. Harold pouvait voir Léda, mais c'était parce qu'elle avait choisi d'être visible à ses yeux.

Dans la rue, les fantômes étaient confus, anxieux et plus qu'un peu effrayés.

Je les comprenais. J'éprouvais la même chose.

— Qu'est-ce qui se passe? me demanda l'un d'eux quand nous passâmes devant lui.

C'était un vieillard avec une barbe grise et une chemise multicolore...

Bariolé.

— Tu es encore ici, dis-je, à la fois triste et émerveillée.

Je n'en revenais pas qu'il ne soit pas encore passé, eh bien, *n'importe où*.

Bariolé ignora ma remarque et pointa le doigt vers le brouillard sur la colline de la citadelle.

— Je n'aime pas ça, dit-il.

Les autres spectres aux alentours marmonnèrent leur accord.

Bariolé se tourna et me regarda pour la première fois. Il fronça les sourcils un instant, puis son visage ridé s'éclaira quand il me reconnut.

— Toi, dit-il, un peu moins troublé. Je te connais. Tu es la fille capable de nous voir.

Les autres fantômes s'assemblèrent autour de nous et me regardèrent, pleins d'espoir.

— Sais-tu ce qui se passe là-bas? me demanda Bariolé.

Je hochai la tête de haut en bas.

— C'est mauvais, n'est-ce pas?

J'acquiesçai de nouveau.

— Peux-tu arrêter ça?

Je restai muette. Ne sachant pas quoi faire d'autre, je hochai encore une fois la tête.

— Merci, dit-il.

Les autres sourirent, poussèrent un soupir de soulagement et m'étreignirent les mains.

Je savais qu'ils voulaient bien faire, mais leur confiance me donna un peu mal au cœur.

Je traversai le cercle de fantômes et fis signe à Harold de me suivre. Quand nous fûmes certains qu'ils ne pouvaient pas nous entendre, il me dit :

— Tu viens de parler à une bande de morts, c'est ça?

— Ouais, répondis-je, de plus en plus nauséeuse.

Après ce que j'avais lu dans le carnet de Léda, j'étais un peu moins sûre de moi. J'avais donc menti aux fantômes. J'avais pris l'habitude de mentir pour donner aux gens de faux espoirs, pour les rassurer. J'avais d'abord menti à Harold, puis à Bariolé et aux autres. Si seulement je pouvais me mentir à moi-même.

CHAPITRE DIX-SEPT

Après avoir traversé la rue Sackville, nous commençâmes à gravir la colline et pénétrâmes dans le brouillard.

Une sensation de froid me submergea tandis que l'air glacial transformait mon souffle en nuages de givre duveteux. Mon angoisse augmentait à chaque pas, j'avais l'impression d'avancer sous l'eau. Le sac de plastique de Pete's Fine Foods que je portais devenait de plus en plus lourd. Le silence était surnaturel... même le bruit de nos pas était assourdi. Mais la pire chose, c'était que je ne voyais rien à plus de quelques mètres dans toutes les directions. Au moins, nous n'allions pas très loin. Nous savions que le fort était droit devant.

Un petit édifice rectangulaire de couleur blanche apparut soudain devant nous. Avec ses trois étages blancs au-dessus du rez-de-chaussée, il évoquait un gâteau de mariage. Au premier étage, il n'y avait que des fenêtres. Au deuxième, une grande horloge encadrée d'étroites fenêtres sur les quatre façades. Le troisième étage hébergeait de grosses cloches. Un dôme vert chapeautait l'édifice.

— La vieille tour de l'horloge, dit Harold.

— Euh, répondis-je.

— Vous n'auriez pas dû venir ici, chuchota une voix derrière nous.

Nous sursautâmes.

C'était Léda.

— Tu nous as fait peur, lui reprocha Harold. Pourquoi as-tu disparu tout à l'heure?

J'avais l'impression de le savoir, mais j'attendis d'entendre la réponse de Léda.

— J'ai paniqué, murmura-t-elle. J'ai honte.

— Pourquoi? demanda Harold.

Elle évita notre regard.

— Tout est ma faute. Comment avais-je pu oublier ce que j'avais fait?

Harold me regarda. Je détournai mon regard. Il se tourna vers Léda.

— Qu'as-tu fait?

— Ça m'est revenu quand j'ai commencé à lire mon vieux carnet. Comme je vous l'ai dit, je faisais des recherches sur la Fumerolle pour *Tueur de fantômes*. J'ai découvert le site Web de

Memento mori et je l'ai piraté. Ce que j'y ai lu à propos des fantômes, de l'au-delà, de la Fumerolle et du royaume souterrain était insolite, bizarre et terrifiant. Le plus étrange, c'est que les gens y croyaient!

Elle éclata de rire, mais il y avait une note de tristesse dans son rire.

— Mais regardez-moi. Je suis la preuve que tout ce qu'a découvert Memento mori est vrai. Tout est vrai. Et cette... cette pensée m'effraie.

— Mais ton carnet dit que la Fumerolle ne peut tuer personne. Pourtant, dans le jeu, elle a tué Ève des centaines de fois, fit remarquer Harold.

— Oh! Un instant, protestai-je. Seulement cent douze fois.

— Je ne pouvais concevoir un jeu dans lequel l'ennemie ultime ne peut pas tuer, expliqua Léda. Je n'étais peut-être pas la meilleure conceptrice de jeux vidéo, mais je savais que je devais changer ça.

— Pourquoi as-tu ajouté la formule pour convoquer la Fumerolle dans le jeu si tu savais qu'elle était réelle? demandai-je.

— À ce moment-là, j'ignorais qu'elle était réelle, se défendit Léda. Si je l'avais su, je n'aurais jamais fait ça, mais je pensais que ce serait amusant de l'ajouter à la fin du jeu comme un œuf de Pâques caché. Mon idée était que si le joueur battait la Fumerolle et gagnait la partie, la formule de convocation apparaîtrait alors, ce qui ouvrirait la porte à une suite possible. Je jure que je ne me doutais pas que cela convoquerait la vraie Fumerolle. Avant de mourir, je n'étais même pas sûre que cet esprit existait vraiment.

— À propos, dit Harold, te rappelles-tu pourquoi le nom Morrie était écrit dans ton agenda le jour de ta mort?

Léda ferma les yeux et hocha la tête.

— C'est une autre chose qui m'est revenue en mémoire dans mon bureau. Memento mori a découvert que j'avais piraté son site Web. J'ai reçu une lettre à mon travail le 1er novembre, le lendemain de la mise en marché du jeu. Il n'y avait ni timbre ni adresse d'expéditeur sur l'enveloppe. La lettre n'était pas signée, il n'y avait que le dessin d'un crâne avec des yeux en forme de sablier, un dessin que j'avais vu sur le site Web. La lettre disait qu'ils savaient ce que j'avais fait, mais aussi qu'ils étaient impressionnés, pas fâchés. Ils proposaient de me rencontrer dans un lieu public, la fontaine du jubilé de Victoria dans les jardins publics d'Halifax. Ils me donneraient encore plus d'informations dans l'espoir que je concevrais une suite. Je devais cependant leur promettre de ne parler à personne de Memento mori. C'est pourquoi j'ai écrit Morrie dans mon agenda. Je ne voulais pas compromettre mes chances. Cela me semblait trop beau pour être vrai. Malheureusement, quand j'ai traversé la rue devant l'hôtel Lord Nelson, tout est devenu noir. Je n'ai même pas vu la voiture arriver.

— Et le jeu, dis-je. Les bogues. Ont-ils été mis là pour rendre le jeu plus difficile à battre?

Encore une fois, Léda éclata de rire et, cette fois, son rire me parut plus sincère.

— Non. Tu connais les premiers essais de Faucheuse, *Licorne au crayon arc-en-ciel* et *Requinot le requin croque-singes*. *Tueur de fantômes* n'est peut-être pas extraordinaire, mais il représente un pas de géant comparé à ces deux jeux. Les bogues se sont révélés la clé du succès du jeu, mais ils n'étaient pas intentionnels.

Elle me regarda et sourit.

— Si tu avais été moins bonne aux jeux vidéo, rien de tout ceci...

Elle s'interrompit et perdit vite son sourire.

J'eus l'impression de recevoir un coup de poignard dans le ventre.

— Ce n'est pas ta faute, Ève, reprit Léda. Après ma mort, quand j'ai découvert que la Fumerolle était réelle, j'ai compris qu'il y avait une raison expliquant pourquoi personne ne devait battre *Tueur de fantômes*, mais j'étais absolument incapable de me rappeler quelle était cette raison. J'ai ensuite appris que tu étais sur le point de gagner et j'ai paniqué. J'ai tenté de t'avertir, mais j'avais perdu la tête. Tu ignorais ce qui arriverait.

— Merci, marmonnai-je.

— C'est pour ça que tu es partie? demanda Harold. Parce que tu t'es rappelé avoir ajouté la formule au jeu?

— Oui, mais...

Elle hésita.

— Je ne suis pas partie juste parce que je me suis rappelé ce que j'avais fait, mais plutôt parce que j'ai compris ce que nous affrontions. Et je ne voulais pas vous mettre en danger tous les deux à cause de mon erreur. J'espérais que vous ne viendriez pas jusqu'ici. Nous ne survivrons peut-être pas.

— Nous devons essayer, dis-je, sentant revenir un peu de mon courage.

— Ce ne sera pas facile, dit Léda.

— Peut-être pas, mais j'ai une idée pour vaincre la Fumerolle, dis-je.

— Mais pour arriver jusqu'à elle, tu devras passer à travers eux, répondit Léda en indiquant le haut de la colline, derrière la vieille tour de l'horloge.

Le brouillard se dissipa un peu. Je voyais maintenant le mur le plus proche du fort George. Debout au sommet, trois méchants fantômes nous regardaient.

CHAPITRE DIX-HUIT

Ils s'estompèrent lentement.

— Qui sont-ils? demandai-je à Léda.

— Je ne sais pas, dit-elle. Mais ils n'avaient pas l'air contents de nous voir.

Je hochai la tête. La façon dont ils nous avaient regardés me rappelait les fantômes qu'il fallait vaincre dans *Tueur de fantômes* pour parvenir à la Fumerolle. L'un était une jeune femme vêtue d'une robe grise à l'ancienne, le deuxième, un homme portant un uniforme militaire rouge, et le troisième, debout à l'écart des deux adultes, était une fillette d'environ huit ans, à la longue chevelure rousse ondulée. J'ignorais pourquoi, mais c'était la fillette qui me faisait le plus peur. Elle ressemblait davantage à une antique poupée de porcelaine qu'à une enfant.

— Tu ne les connais peut-être pas, mais moi, oui, dit Harold.

— Quoi?

— Je les connais, répéta-t-il. Tu ne te rappelles pas?

Je secouai la tête.

Harold soupira, comme si cela ne l'étonnait pas.

— Je suppose que tu n'étais pas très attentive pendant notre excursion. Le guide nous a raconté quelques histoires de fantômes pendant que nous visitions le musée — je crois qu'il s'appelle l'édifice Cavalier. Il nous a dit qu'on avait aperçu des centaines de fantômes au fil des ans, mais les trois qu'on voyait le plus souvent sont connus sous les noms de Dame grise, Sergent et Fille coucou. Tu t'en souviens, maintenant?

— Pas vraiment, avouai-je en haussant les épaules. Attends! Il n'y avait pas un café dans l'édifice Cavalier?

— Ouais, je pense. Au rez-de-chaussée.

— Leur poutine était excellente.

— Tu te souviens de ça, évidemment, dit Harold.

— La Fumerolle a dû choisir cet endroit parce que ces trois fantômes y sont déjà, dit Léda. Avec leur aide, elle pourra utiliser la citadelle comme portail du royaume souterrain vers ce monde et convoquer encore plus d'esprits.

— Dans ce cas, qu'est-ce qu'on attend? dis-je en

agrippant mon sac de sel.

Harold et moi payâmes le tarif jeunesse pour entrer. Je faillis demander un billet d'adulte pour Léda.

— Qu'est-ce qu'il y a dans ces sacs? voulut savoir l'adolescent qui vendait les billets derrière son guichet.

— Oh! Ça? Du sel, rien que du sel, répondis-je en essayant de faire croire qu'il n'y avait rien d'anormal dans le fait qu'Harold et moi transportions des sacs de sel. Nous avions des courses à faire avant de venir ici. Pour nos parents, tu sais.

— Ouais, ajouta Harold. Ils voulaient du sel, et ça ne pouvait pas attendre.

Je reculai, puis j'arborai un grand sourire. J'espérais avoir l'air digne de confiance et sympathique, mais je craignais de paraître cinglée. Harold n'était pas doué pour le mensonge, même pour les mensonges pieux.

— C'est beaucoup de sel, remarqua le commis.

Il avait les yeux mi-clos, comme s'il était sur le point de s'endormir.

— Il n'y a pas beaucoup de visiteurs,

probablement à cause du brouillard. Comme ça, au moins, vous n'aurez pas à craindre de frapper des gens avec votre... sel. En tout cas, profitez de votre visite.

Il nous fit signe d'entrer.

Nous nous éloignâmes suffisamment du guichet pour ne pas être entendus. Comme l'avait dit le commis, l'endroit était désert. Nous ne vîmes aucun touriste, aucun fantôme, aucune Fumerolle.

— Bon, dis-je, d'après toi, où sont ces trois fantômes?

Harold haussa les épaules

— Aucune idée. Ils peuvent être n'importe où.

— Devrions-nous nous séparer? demanda Léda. Nous sommes trois et ils sont trois. Nous les débusquerions peut-être plus vite comme ça.

Je secouai la tête.

— Je crois qu'il serait plus sûr de rester ensemble. Nous ne savons pas vraiment à quoi nous faisons face.

Et l'idée d'errer toute seule dans un fort hanté rempli de brouillard n'était pas très attrayante, mais je préférai passer cela sous silence.

— Pourquoi ne pas commencer par chercher dans l'édifice Cavalier? suggéra Harold.

Puisqu'il fallait commencer quelque part,

pourquoi pas l'édifice Cavalier, en effet. L'édifice, une imposante structure rectangulaire de trois étages, émergea de la brume tandis que nous traversions la cour. Nous entrâmes dans le café et j'eus l'eau à la bouche en reconnaissant l'odeur des biscuits frais sortis du four. Les lumières étaient toutes allumées, mais le brouillard qui pressait contre les fenêtres donnait à la pièce un aspect lugubre. Une femme âgée s'affairait derrière le comptoir, et quatre adultes sirotaient des boissons chaudes à une table à côté d'une grande carte du fort. Autrement, le café était désert. Le brouillard avait vraiment tenu la plupart des gens au loin, ce qui nous accordait un répit bienvenu.

— Vous désirez quelque chose, mes trésors? demanda la femme derrière le comptoir.

Elle parlait avec un accent britannique. MAGGIE était écrit sur son porte-nom.

— Non, répondis-je, déplorant de ne pas avoir le temps d'avaler une poutine en vitesse. Ça va. Mais je suppose que vous ne…

J'hésitai, me demandant comment poser ma question.

— Les fantômes, chérie, dit Maggie avant que j'aie eu le temps d'exprimer ma pensée. Je présume que vous êtes venus voir les fantômes.

— Comment le saviez-vous? demandai-je, interloquée.

— Tous les jours, un groupe arrive et demande la même chose. Laisse-moi deviner : Jeremy Sinclair?

— Euh, bredouillai-je, regrettant de n'avoir pas quelque chose de plus intelligent à répondre.

— C'est un auteur, chérie. Si ce n'est pas un de ses livres qui vous amène ici, j'imagine que vous avez lu en ligne que la citadelle est hantée et vous êtes venus voir de vos propres yeux.

Je me hâtai d'acquiescer.

— Oui, c'est ça.

— Si vous cherchez la Dame grise, elle est habituellement en haut, dans le musée de l'armée. C'est une visite autoguidée, alors vous aurez la salle pour vous. Pour ma part, je ne crois pas trop aux fantômes, je n'en ai jamais vu, mais vous deux aurez du plaisir à chercher Glouton.

Elle nous adressa un sourire incroyablement chaleureux qui sembla éclairer un peu la pièce.

Deux des adultes à la table pouffèrent de rire. Ils avaient cessé de parler et nous écoutaient. S'ils avaient conscience de la situation, je ne pense pas qu'ils auraient ri, mais je n'allais certainement pas les renseigner. Cela ne ferait que nous donner un aller simple hors du fort.

Je remerciai Maggie. Elle sourit de nouveau, et je suivis Harold dans l'escalier qui menait à l'étage. Léda resta près de moi.

— Je ne sais pas ce que les fantômes ont de si amusant, dit-elle, un peu blessée.

— Ne te sens pas visée, répondis-je. C'est peut-être préférable qu'ils ne sachent pas la vérité. « L'ignorance est une bénédiction », comme disait toujours ma mère.

— Disait? s'étonna Léda.

J'avais oublié qu'elle n'était pas au courant.

— Mes parents sont morts il y a deux ans. Un accident d'auto.

— Je suis désolée de l'apprendre.

— Hé! dis-je sur un coup de tête. Si un jour tu rencontres Scott et Shannon Vanstone de Wolfville...

Je m'interrompis en comprenant à quel point c'était ridicule de poser la question. Pensais-je réellement que Léda puisse tomber par hasard sur mes parents?

Léda parut comprendre ce que j'avais omis de dire.

— Si jamais je les croise, je leur dirai qu'ils ont une fille formidable qui les aime beaucoup.

Elle esquissa un sourire chaleureux.

Je savais qu'elle ne cherchait qu'à me remonter le moral, mais cela m'était égal. Sa gentillesse me réconforta et je lui rendis son sourire.

Harold ouvrit une porte et nous entrâmes dans le musée. C'était une longue pièce au plancher de bois franc et au plafond rond et blanc. Des reliques et des répliques militaires — médailles, souvenirs de guerre, un modèle du monument commémoratif de Vimy, un mégaphone de clairon en forme de cône géant — occupaient l'espace.

Je reculai. À l'intérieur d'une armoire vitrée, un homme nous dévisageait. Il portait un uniforme militaire et ses yeux morts donnaient froid dans le dos. L'espace d'une ou deux secondes, je pensai que c'était un fantôme, mais ce n'était qu'un mannequin.

— Il m'a fait peur, dis-je.

— Oh! N'aie pas peur de lui, dit une voix douce comme de la soie à l'extrémité de la salle.

C'était la Dame grise.

— Aie peur de moi.

CHAPITRE DIX-NEUF

On aurait dit une ombre qui prenait vie, sauf qu'elle n'était pas vivante.

— Peux-tu la voir? chuchotai-je à Harold.

— Ouais, je la vois, chuchota-t-il à son tour.

Elle portait une robe en tissu gris délavé. Une robe ancienne avec un col haut, des manches bouffantes et de la dentelle à l'encolure et à l'ourlet. Mais il n'y avait pas que son costume qui était gris. Son teint était cendré, de la couleur d'un ciel nuageux, juste un peu plus pâle que ses vêtements. Son visage était si osseux qu'on aurait dit un crâne dépouillé de sa chair, enveloppé dans une mince couche de peau abîmée. Un chignon noir comme du charbon était épinglé au sommet de sa tête.

Je n'osai pas prendre de sel. Je craignais que la Dame grise ne se déchaîne dès que j'essaierais de le faire.

Je pourrais peut-être gagner du temps en parlant

tandis que nous attendions le moment de frapper.

— Tu ne nous fais pas peur, déclarai-je d'une voix grave.

Ç'aurait été fantastique d'avoir un perçage boîte à fantôme comme dans le jeu, mais premièrement, ma grand-mère ne m'aurait jamais, au grand jamais, permis de me faire percer la langue, et deuxièmement, nous n'étions pas dans un jeu vidéo et les boîtes à fantôme n'existaient pas.

— Et tu ne devrais pas avoir peur de nous. Nous ne sommes pas tes ennemis, ajoutai-je.

Si le son de ma voix eut un effet sur elle, elle n'en montra rien. Pendant que je parlais, elle flottait autour de la salle, gardant ses distances, mais me regardait rarement. Puis elle cessa de bouger et posa les yeux sur moi.

— Vraiment? Nous ne sommes pas des ennemis? Dans ce cas, dites-moi ce que vous faites ici.

— Nous sommes venus arrêter un esprit appelé la Fumerolle, déclarai-je.

Inutile de mentir. J'avais l'impression qu'elle connaissait déjà la vérité.

— Juste ciel, non, ça ne marchera tout simplement pas, dit-elle.

— Tu l'as rencontrée? demanda Harold. Elle est ici?

— Oui, je l'ai rencontrée et oui, elle est ici, répondit la Dame grise, confirmant ce dont je me doutais.

— Où est-elle? demandai-je.

— Je ne le dirai jamais, chantonna-t-elle à voix basse.

— Elle veut libérer tous les méchants esprits du royaume souterrain pour tuer les vivants, dit Léda avec impatience.

— Et pourquoi toi, un fantôme comme nous, t'opposerais-tu à ça? s'étonna la Dame grise en ajoutant un soupçon de hargne à la douceur de sa voix.

— Quand elle aura tué tout le monde, elle contrôlera tout. Elle fauchera toutes les âmes et fera Dieu sait quoi de nous. Comment peux-tu ne pas t'y opposer?

— C'est simple.

La Dame grise rajusta sa robe et examina son reflet dans la vitrine d'un cabinet. Elle retroussa ses lèvres et inspecta ses dents, glissant sa langue sur chacune d'elles, puis, satisfaite de son apparence, elle s'envoya un baiser et se retourna vers nous.

— Mon époux est mort dans cet édifice, et j'avais décidé de le rejoindre, d'être de nouveau avec lui... pour l'éternité. Mais il était parti. Si j'aide la Fumerolle, elle a promis de nous réunir. Nous serons ensemble à jamais.

La Fumerolle peut faire ça? me demandai-je, impressionnée.

La Dame grise frappa dans ses mains et commença à s'approcher lentement de nous. Elle avança d'un pas, s'arrêta brièvement, fit un autre pas et répéta le mouvement.

— Il est mort il y a longtemps, reprit-elle. Le 17 novembre 1900, pour être précise. Mais j'ai l'impression que c'était hier. C'était le jour de notre mariage.

Elle continua à avancer de sa démarche étrange et cadencée. Au début, je crus qu'il s'agissait d'un genre de marche militaire, puis je compris. Elle marchait comme si le musée était l'allée d'une église et qu'elle s'approchait de son époux.

Sa voix était redevenue mielleuse et douce, mais je ne lui faisais pas du tout confiance. Elle me donnait la chair de poule.

— Je commençais à perdre espoir, mais aujourd'hui, la Fumerolle est venue et elle m'a dit qu'elle pouvait le retrouver et le ramener vers moi. Elle se prépare maintenant à le convoquer et je ne peux pas vous laisser vous interposer.

Soudain, la Dame grise accéléra. Je n'avais

jamais vu personne, vivant ou mort, aller aussi vite. C'était comme si elle avait pu traverser l'espace ou le temps. Elle entoura de son bras le cou de Léda et l'entraîna hors de notre portée.

Puis elle cria, avec tant de force, tant de puissance que je sentais les vibrations dans l'air et mes tympans vibraient à chacun de ses mots.

— La Fumerolle m'a mise en garde à propos de fantômes comme toi! Elle a dit que certains essaieraient de nous empêcher d'accomplir notre tâche. Mais je suis sans inquiétude, parce qu'elle m'a dit autre chose.

Léda gémit lorsque la Dame grise tira sa tête en arrière et approcha sa bouche de son oreille. La Dame grise chuchota d'une façon théâtrale tout en nous observant, Harold et moi. Elle voulait que nous l'entendions.

— La Fumerolle m'a expliqué comment tuer un autre fantôme. Je ne croyais pas que c'était possible. Comment peut-on tuer une chose déjà morte? Mais je suis curieuse.

Elle nous sourit et ses dents brillèrent comme des points blancs étincelants au milieu de sa grisaille.

— Nous allons voir si ça fonctionne, d'accord?

CHAPITRE VINGT

J'avançai d'un pas, prête à saisir la Dame grise à bras-le-corps s'il le fallait.

— N'avance pas! vociféra-t-elle. Sinon je vais rendre ça le plus douloureux possible.

Je m'immobilisai.

— Bonne fille. Et ne pense même pas à mettre ta main dans ce sac. Toi non plus, mon garçon, ajouta-t-elle en tournant son regard vers Harold. Ne croyez pas que je n'ai pas vu comment vous les reluquiez. Vous devez avoir quelque chose de très puissant, selon vous. Laissez-moi deviner. Du sel?

Je haussai les épaules et acquiesçai d'un signe de tête. Il ne servait à rien de mentir.

— Mettez-les à terre, ordonna la Dame grise.

Harold et moi hésitâmes un moment, puis je soupirai et laissai tomber mon sac sur le sol. Harold fit de même.

— Bien.

Elle cessa de nous regarder et posa les yeux sur Léda.

— Le temps est venu pour toi de connaître une deuxième mort.

Elle ferma les yeux, plaça sa main libre sur la tête de Léda et se mit à psalmodier dans la langue qui avait fait venir la Fumerolle quand j'avais battu *Tueur de fantômes*.

Je scrutai le musée dans l'espoir d'un miracle.

Mon regard tomba sur le mégaphone, celui que j'avais remarqué quand nous étions entrés dans la salle. Il était énorme, aussi long qu'un vélo avec une embouchure large comme un cerceau.

Ce n'était pas une boîte à fantôme, mais cela valait la peine d'essayer. Je me penchai sous le cordon rouge, me plaçai derrière le mégaphone, mis mes deux mains sur ses côtés pour encaisser le coup, je pressai mes lèvres contre l'embouchure, puis je criai :

— LIBÈRE-LA TOUT DE SUITE!

Tout mon corps se tendit quand le son se réverbéra à travers moi. Mes oreilles résonnaient douloureusement et je gémis en m'éloignant du mégaphone. Ma voix continua de se répercuter dans la petite salle.

Cela fonctionna. La Dame grise hurla, les ondes

sonores firent plisser et miroiter sa peau. Elle relâcha Léda et recula en titubant sans me quitter du regard. Ma voix produisit le même effet sur Léda, mais, au moins, elle était libre.

N'ayant aucune idée du temps dont nous disposions avant que l'effet se dissipe, je saisis une boîte de sel, avançai de quelques pas et profitai du stress de la Dame grise pour lui lancer du sel au visage. Elle hurla encore et recula plus loin, sa peau grise grésillant et fumant là où elle avait été atteinte par le sel. Mais elle ne disparut pas complètement. Je cherchai désespérément ce que je pourrais faire d'autre.

Heureusement, Harold ne perdit pas une seconde. Plus rapide que jamais, il saisit une grosse clé anglaise métallique dans un cabinet et courut me rejoindre. La tenant à deux mains, il la balança comme un bâton de baseball. Elle passa à travers le visage de la Dame grise dont la tête se désagrégea en minuscules grains de poussière scintillants qui tourbillonnèrent dans les airs. Son cri continua de résonner même si elle n'avait plus de bouche pour crier. Le reste de son corps se décomposa et suivit la poussière de sa tête — d'abord dans les airs, puis en boucle, pour disparaître enfin à travers le sol, là où elle se trouvait auparavant.

Le musée parut soudain surnaturellement silencieux.

J'éclatai de rire. Je bondis vers Harold et le serrai dans mes bras.

— Tu as réussi!

Harold avait les yeux exorbités, la bouche ouverte, comme s'il était en état de choc.

— Vraiment?

— Oui! Bon, je l'avais étourdie, mais toi... tu l'as assommée avec la clé anglaise et envoyée... peu importe où elle est allée.

— Ouais, j'imagine que j'ai réussi, dit Harold.

Un fier sourire remplaça lentement son expression éberluée.

Il lança la clé anglaise à l'envers dans les airs et la rattrapa. Ce faisant, il faillit accrocher le nez de Léda. Elle recula et leva les mains devant son visage.

— Oh! cria-t-elle.

Harold grimaça.

— Désolé, désolé, désolé, bafouilla-t-il, les trois mots se confondant en un seul. Désolé, ajouta-t-il pour faire bonne mesure.

— Ça va, dit Léda. Mais... fais juste attention à l'endroit où tu pointes ce machin, d'accord?

— Bien sûr, bien sûr.

Une fois qu'ils furent calmés, nous nous intéressâmes à l'endroit où la Dame grise avait disparu à travers le sol.

— Est-elle...? demanda Harold.

— Euh... morte? répondis-je. Je ne sais pas. Je ne crois pas, mais j'ai l'impression que si elle n'est pas partie pour de bon, elle n'est pas à la veille de revenir.

— Pourvu que tu aies raison, dit Léda.

— Pourquoi ce truc a-t-il fonctionné? demanda Harold en examinant la clé anglaise dans ses mains.

Il y avait une petite étiquette sur la tablette où Harold l'avait prise. Je pointai le doigt vers elle.

— C'est une clé de blindé, dis-je. C'est écrit ici qu'elle est en fer. Et, comme le sel, le fer fait partie des munitions utilisées par le brûleur d'âmes dans *Tueur de fantômes!* ajoutai-je en souriant.

— Tu ne plaisantais pas quand tu nous as dit que tu avais fait beaucoup de recherches, dit Harold à Léda.

Elle hocha la tête, mais ses yeux se perdaient au loin.

— Si seulement nous avions mon carnet. Cela nous aiderait peut-être à déterminer la marche à suivre maintenant.

Je souris et sortis le carnet de ma poche.

— Va à la fin! s'écria Léda, enthousiaste. Je pense que la dernière chose que j'ai écrite concerne la façon dont la Fumerolle peut convoquer d'autres fantômes.

Je feuilletai le carnet jusqu'à la dernière page, parcourus rapidement ce qui était écrit et lus l'avant-dernier paragraphe à voix haute.

<u>Convocation</u>

Une grande énergie est nécessaire (même pour une entité aussi puissante que la Fumerolle!)

Étapes :

- *La convocation des esprits doit avoir lieu dans un endroit caché pour éviter les interruptions.*
- *Il faut être près d'un portail d'esprits, c'est-à-dire un endroit qu'un fantôme peut déjà traverser.*
- *On doit ensuite s'élever dans un état de pensée et de connaissance (comme la méditation). Cela pourrait prendre deux ou trois heures, peut-être plus.*
- *La formule de la convocation doit être récitée pour « ouvrir la porte » (à défaut d'une expression plus adéquate).*
- *Enfin, il faudra créer un bruit assez fort pour être entendu dans les profondeurs du royaume*

souterrain, signalant à tous les esprits que le moment est venu de se lever.

Je lus ensuite le dernier paragraphe.

Si cela se produit... la partie est terminée.

CHAPITRE VINGT ET UN

La partie est terminée. Les quatre derniers mots du carnet de Léda réveillèrent la joueuse en moi. Mon cœur battit un peu plus vite et mes doigts s'agitèrent en pressant d'invisibles boutons. Je devais vaincre la Fumerolle.

Ce n'était qu'un jeu.

Un jeu dans lequel les méchants étaient des fantômes, et ils étaient très, très réels. Un jeu auquel je ne pouvais pas perdre, sinon tous les humains du monde mourraient.

Ouais, rien qu'un jeu.

J'inspirai profondément et regardai Harold. Il était pâle, il avait des perles de sueur sur le front et ses yeux étaient fermés.

— Harold? l'appelai-je.

Il ne répondit pas.

— Harold!

Il ouvrit les yeux et mit un moment à se

concentrer.

— Ensemble, nous trois, nous pouvons vaincre la Fumerolle, dis-je. Mais tu dois rester calme, Harold. Nous allons sortir le grand jeu.

Harold acquiesça.

— Je sais, répondit-il. Je vais bien.

— Tu en connais davantage sur ce fort qu'Ève et moi, lui dit Léda. As-tu une idée de l'endroit où la Fumerolle pourrait se cacher? Prends ton temps.

Mais pas trop ton temps, pensai-je.

— Tout peut nous être utile. N'importe quoi.

— Bien, dit Harold.

Il réfléchit un instant.

— D'après tes notes, elle a besoin d'être près d'un portail d'esprits. Qu'est-ce que c'est? Un endroit où quelqu'un est mort et est devenu un fantôme?

— Peut-être, répondit Léda.

— La Dame grise a sauté de ce toit et la femme du café prétend qu'on la voit souvent ici, alors son portail y est probablement, lui aussi. La Fumerolle est peut-être quelque part dans cet édifice.

— Parfait, dis-je, sincèrement soulagée. Allons inspecter le reste de la bâtisse.

Harold et moi prîmes nos sacs de sel et nous nous dirigeâmes tous les trois vers la porte. Je m'arrêtai brusquement.

— Qu'est-ce qui se passe? demanda Harold d'une voix plus aigüe que d'habitude. V? Tu vois un autre fantôme?

Il serra plus fort la clé anglaise.

Je secouai la tête et attrapai ce que j'avais vu, ce qui m'avait fait m'arrêter.

— Une pelle? fit Harold, étonné.

Je hochai la tête.

— Une pelle en fer.

<hr />

Nous fîmes le tour de l'édifice, visitâmes les trois étages sans rien trouver d'inhabituel. Il y avait quelques salles interdites aux visiteurs dans lesquelles nous ne pûmes entrer, mais après avoir écouté quelques minutes aux portes, nous n'entendîmes aucun bruit à l'intérieur. À chaque minute qui passait, je me sentais de plus en plus résolue à trouver la Fumerolle et à l'arrêter avant qu'elle puisse convoquer un seul esprit, mais j'étais aussi de plus en plus frustrée.

Réfléchis, Ève. Si tu étais une fumerolle, où irais-tu?

— Nous avons vu trois fantômes quand nous nous sommes approchés, dis-je. Il y a probablement deux autres portails.

Léda pensait comme moi.

— La Fumerolle pourrait bien être cachée près d'un de ces deux portails.

— Où sont-ils morts? demandai-je. Tu te rappelles quelque chose, Harold?

Il haussa les épaules, les sourcils froncés.

— Le guide a parlé du Sergent qui est tombé dans un puits, mais j'ignore totalement où se trouve ce puits.

J'eus l'impression qu'une ampoule s'allumait au-dessus de ma tête.

— Je connais quelqu'un qui pourrait le savoir.

J'entraînai Harold et Léda vers le café. Harold accepta de prendre la clé anglaise et la pelle, et promit de me retrouver dehors quelques minutes plus tard. Je ne croyais pas que la femme qui travaillait dans le café serait très impressionnée en voyant que nous avions pris ces objets dans le musée, même si je lui disais qu'ils avaient sauvé nos vies. À l'intérieur, les clients étaient partis et Maggie était en train de poser les chaises sur les tables.

— Nous sommes ouverts, chérie, dit-elle d'une voix toujours aussi douce que le miel. C'est si tranquille aujourd'hui que je pensais juste prendre un peu d'avance sur mes tâches de fermeture. As-tu réussi à trouver ton fantôme?

— Non, mentis-je. Mais c'est un peu pour ça que je suis venue ici. Mon ami et moi avons entendu dire qu'il y a peut-être un autre fantôme près du puits.

Je prenais un risque en inventant cette histoire, évidemment, mais je me disais que cela valait le coup d'essayer.

Elle secoua la tête.

— Désolée, trésor. Je travaille ici depuis plus de vingt ans et je n'ai jamais vu de puits.

Comment est-ce possible? voulus-je crier. *On a dit à Harold que le Sergent...*

Mon regard tomba sur une grande carte ancienne sur le mur, près de la table où les clients s'étaient assis.

Je remarquai un petit cercle au fond de la cour de l'édifice Cavalier. Il se trouvait au sud de la grille d'entrée et du canon de midi. Sous le cercle, le mot *Puits* était calligraphié.

— Et puis, le voilà, dit Maggie.

Son propre jeu de mots la fit pouffer de rire.

— Je ne l'avais jamais remarqué, continua-t-elle. On a dû enlever le puits et couvrir le trou il y a des années.

— Merci de votre aide, dis-je par-dessus mon

épaule en courant vers la porte.

Je rejoignis Harold et Léda. Nous examinâmes le terrain près de la grille, espérant trouver la Fumerolle avant qu'apparaisse le Sergent. Nous élargîmes notre recherche et parcourûmes presque toute la cour au pas de course, sans rien trouver. Après quelques minutes, nous revînmes à la grille. C'est alors que, émergeant du brouillard, un homme se matérialisa. Je me raidis, puis je m'aperçus que c'était un client du café. Trois autres le suivaient. Au passage, ils nous regardèrent d'un drôle d'air... sans doute à cause de la pelle et de la grosse clé anglaise que nous avions dans les mains... puis ils sortirent du fort, avalés par le brouillard.

— Ou bien le Sergent n'est pas ici, dis-je quand nous fûmes de nouveau seuls, ou bien nous ne sommes pas au bon endroit.

— Il y avait peut-être une erreur sur la carte? suggéra Léda.

— J'en doute, répondit Harold. C'était une carte militaire, et...

Je levai la main.

— Attendez, dis-je. Qu'est-ce que c'est?

Je croyais avoir vu un mouvement, une ombre dans la brume, quelque chose de sombre et de gros. Je ne pouvais pas dire ce que je pensais avoir vu, ou si j'avais vraiment vu quelque chose. Le brouillard était comme une couverture qui assourdissait tous les bruits de fond, la circulation, les oiseaux, le vent. J'avais l'impression d'être dans un cocon sans bénéficier de la sécurité d'une chrysalide, et je me sentis soudain très vulnérable.

— V? chuchota Harold.

Je continuai de regarder droit devant moi.

— V? chuchota-t-il de nouveau, un peu plus fort et bien plus effrayé.

J'avançai d'un pas.

L'ombre se révéla lentement.

C'était un puits, un vieux puits de pierre couvert de mousse et il n'était manifestement pas là un moment plus tôt.

Une main se glissa au-dessus de la rangée de pierre qui le couvrait, agrippa le rebord du puits et tira un corps gonflé d'eau.

CHAPITRE VINGT-DEUX

Au cours des deux dernières années, je m'étais presque habituée à voir des spectres. Presque. Mais quand le Sergent émergea du puits fantôme et atterrit sur la place d'armes, ce fut le vide dans ma tête.

Il portait un uniforme militaire avec trois chevrons sur chaque manche. Sa tête était coiffée d'un béret et ses bottes étaient noires. Ses vêtements trempés dégoulinaient, mais son corps... son corps était à la fois répugnant et fascinant. Je ne pouvais pas en détacher mon regard.

Son visage boursouflé était bleuâtre. Son estomac gonflé menaçait de rompre les coutures de sa chemise; je supposai que ses organes internes avaient absorbé toute l'eau possible. Et il avait la peau des mains et du visage plissée. Tout son corps, de la tête aux pieds, pensai-je, ressemblait à un raisin sec géant de couleur bleu pâle.

— Vous ne pouvez pas arrêter la Fumerolle. Nous allons nous en assurer, déclara le Sergent.

Pendant qu'il parlait, des bulles d'eau saumâtre, sanguinolente, sortaient de sa bouche et coulaient sur son menton.

— C'est dégoûtant, marmonna Harold.

Je pris mon courage à deux mains et levai la tête, regrettant de ne pas avoir de mégaphone géant avec moi.

— Quand tu dis « nous », tu parles de toi et des deux autres fantômes du fort?

Le Sergent hocha la tête.

— J'ai des nouvelles pour toi, dis-je, ayant l'impression d'être une actrice jouant un rôle dans une émission de télé comme *Hurleurs*. Nous avons déjà vaincu la Dame grise.

L'espace d'un instant, le Sergent parut désarçonné.

— Peu importe. Je suis encore là… la fille aussi.

J'agrippai la pelle un peu plus fort et je me redressai.

— Tu ne nous fais pas peur, dis-je, faisant de mon mieux pour être convaincante.

Un sourire narquois se dessina lentement sur le visage du Sergent.

— Vous devriez pourtant avoir peur. Si ce

n'est pas de moi, vous devriez la craindre, elle, absolument.

— Elle? me moquai-je. Une fillette de huit ans? Je suis certaine que nous saurons la maîtriser.

Le Sergent ne réagit pas. Son sourire malsain s'élargit. Je m'aperçus que son regard s'était tourné vers quelque chose à ma gauche.

Harold et Léda se retournèrent et regardèrent ce qui retenait l'attention du Sergent, mais pas moi.

J'avais un mauvais pressentiment.

— Elle est juste derrière moi, n'est-ce pas? demandai-je.

— Tic, tac, claironna une voix jeune, haut perchée dans mon dos.

Elle semblait proche. Trop proche.

Je me retournai lentement. J'avais l'impression de me mouvoir sous l'eau, de lutter contre une faible résistance dans l'air.

La Fille coucou se trouvait à un mètre ou deux de moi. Elle avait les joues rondes, les yeux noirs et le sommet de sa tête m'arrivait au menton. Elle portait une robe noire, sa peau luisait faiblement et ses cheveux étaient blancs... mais ils ne semblaient pas avoir toujours été de cette couleur. Elle ne paraissait ni fâchée ni intimidante ni vindicative. Elle paraissait triste.

Le visage de la Fille coucou clignota, comme si elle en avait deux, un visible, l'autre caché. Les yeux du deuxième visage, que je ne vis que l'espace d'un ou deux battements de cœur, brûlaient de rage; elle retroussa ses lèvres, révélant ses dents comme un loup aux aguets.

Pendant un instant, j'eus envie d'abandonner. Je pensai à jeter la pelle et le sel sur le sol, à lever mes mains dans les airs et à m'éloigner lentement. Mais de combien de temps disposerais-je? Suffisamment pour trouver grand-maman et lui dire une dernière fois que je l'aimais avant que la Fumerolle ne vide le royaume souterrain et que ses esprits ne nous tuent tous?

D'ailleurs, j'avais bien trop l'esprit de compétition pour admettre ma défaite ou déclarer forfait. Je regardai Harold et Léda; ils ne ressemblaient pas à des guerriers, mais jusqu'ici nous avions réussi et nous avions vaincu la Dame grise ensemble. Si l'un ou l'autre envisageait la possibilité d'abandonner leur expression impassible ne le montrait pas.

Nous pouvions réussir.

Nous *allions* réussir.

— Vous deux, vous vous occupez du Sergent, dis-je à Harold et à Léda sans me soucier de parler à voix basse — nous avions dépassé ce stade. Je me charge d'elle.

— J'ai tout le temps du monde devant moi, roucoula la Fille coucou d'une voix douce et innocente. Mais le vôtre touche à sa fin.

Je m'élançai.

CHAPITRE VINGT-TROIS

Je balançai la pelle. Tirant avantage de sa taille, la Fille coucou l'évita aisément. J'avais espéré la prendre au dépourvu en fonçant si soudainement vers elle et terminer le combat avant même qu'il eût commencé, mais je n'eus pas cette chance.

— Bel essai, dit-elle, mais tu devras faire mieux que ça.

C'était mon plan. Je balançai de nouveau la pelle au moment où elle finissait sa phrase, mais elle recula aussitôt hors de ma portée. Elle en avait peur, de toute évidence, et ne l'avait pas quittée des yeux depuis ma première attaque.

— J'étais là, tu sais, poursuivit-elle. J'ai vu ce qui est arrivé à la Dame grise quand ce garçon, ton ami, l'a frappée avec la clé anglaise.

Elle pointa le doigt vers Harold quand elle dit « ce garçon ». Léda et lui s'en tiraient à merveille : ils tenaient le Sergent en haleine, le cernant des deux côtés pour qu'il ne puisse pas les attaquer en même temps. *Ne t'approche pas trop, Harold,* pensai-je. *Sois prudent.*

— Tu étais dans le musée, dis-je, revenant à la Fille coucou, et tu n'as rien fait pour nous empêcher de blesser la Dame grise?

— Elle n'a pas d'importance pour moi, rétorqua-t-elle avec un sourire méprisant.

— Alors, pourquoi aides-tu la Fumerolle?

— C'est simple : je veux voir le monde flamber.

— Pourquoi?

— Parce que le monde n'a rien fait pour me sauver.

Son visage redevint triste, sauf que cette fois, je soupçonnai que sa tristesse n'était pas feinte.

— Une minute, je suis ici avec mes parents et une minute plus tard, je suis morte sans savoir comment. Tout ce que je sais, c'est que personne ne m'a protégée, ni mes parents, ni les soldats, personne! Ils sont tous partis et m'ont laissée toute seule. Alors, je regarde. Et je suis les gens. Parfois, j'agrippe leurs mains. Parfois, mon contact les blesse. Parfois...

Ses yeux vitreux regardaient dans le vague.

— Parfois, mon contact les tue.

J'essayai de ne pas imaginer tous les gens que

la Fille coucou avait tués au fil des ans, des gens dont on avait sans doute attribué le décès à une autre cause, une crise cardiaque ou un accident vasculaire cérébral, par exemple.

Je pourrais peut-être l'amener à changer son avis. Il n'était peut-être pas trop tard. Mais c'étaient deux gros « peut-être ».

— Tu n'as pas à faire ça, dis-je. Ce que veut la Fumerolle… n'est bon pour personne. Ni pour toi, ni pour moi ou mes amis. Quand nous serons tous des esprits, elle nous utilisera comme bon lui semblera.

La Fille coucou pencha la tête d'un côté et y réfléchit un instant. Je commençai à penser que mes paroles l'avaient vraiment touchée, mais elle haussa alors les épaules.

— Ça m'est égal, dit-elle.

Du coin de l'œil, je vis Harold lancer sa clé anglaise vers le Sergent. Elle décrivit un arc de cercle et rata le fantôme d'un demi-mètre.

Je sentis le doute envahir mon esprit comme un nuage d'orage. Je me demandai s'il s'agissait d'un jeu auquel je ne pouvais pas gagner. Non, c'était pire que ça. Je ne me le demandais pas, je le *savais* presque.

Je savais que je ne serais pas capable de me sauver moi-même. Je savais que je ne pourrais pas sauver mes amis. Je savais que je ne pourrais sauver personne, tout comme je n'avais pas pu sauver mes parents.

— Ça suffit, dis-je.

Le son de ma voix me fit sursauter un peu. Je n'avais pas eu l'intention de parler aussi fort.

— Quoi? demanda la Fille coucou.

Elle marchait de gauche à droite, les yeux fixés sur ma pelle. Elle cherchait manifestement mon point faible, une façon de m'attaquer.

— J'ai dit « ça suffit ». Tes parents sont morts.

La Fille coucou me regarda d'un air étrange. Elle plissa ses yeux. Il y avait de la colère dans son regard.

J'ignorais que l'apparition de mes parents la veille de leur mort était autre chose qu'un rêve, alors comment aurais-je pu les aider? Je n'aurais pas pu. Mais cette fois, si je permettais au doute de me convaincre que je ne pouvais pas me sauver, sauver mes amis ou n'importe qui d'autre, je ne pourrais pas m'en aller — si seulement j'y parvenais — la conscience en paix. Parce que *j'avais* la possibilité de me rendre utile. Je *pouvais* faire quelque chose. Je devais seulement me départir de ma culpabilité, ce sentiment qui m'avait fait renoncer aux sports et passer la plus grande partie de mes temps libres à appuyer sur des boutons et à « vivre » dans un monde fictif après l'autre.

Ça suffit, me répétai-je.

Je bondis vers la Fille coucou, et ses yeux s'écarquillèrent. Peut-être me voyait-elle finalement comme une menace, ou peut-être pensait-elle simplement que j'étais aussi folle qu'elle. Quoi qu'il en soit, elle s'envola. Pas juste à quelques mètres de moi, mais au sommet du mur près de l'entrée.

Je me tournai pour voir comment Léda et Harold s'en tiraient. Mon cœur se serra. Ils avaient des difficultés.

Désarmé, Harold n'avait aucun moyen de se défendre contre le Sergent. Il tenta d'esquiver une attaque, mais le Sergent lui entoura les épaules de ses bras. Harold poussa un cri de douleur. On aurait dit qu'il était brûlé vif.

La Fille coucou avait dit qu'elle avait tué des gens juste en les touchant, et en entendant les sons émis par Harold, c'était clair que le Sergent en était capable, lui aussi.

Harold allait mourir. Ils étaient loin de moi. Je levai la pelle et m'élançai, espérant arriver à temps.

Ce ne fut pas nécessaire.

Léda détourna son regard du Sergent et regarda la clé anglaise lancée par Harold. Elle avait atterri près de ses pieds.

Le Sergent traîna Harold en direction du puits. Mon ami hurlait et gémissait. Ses cris déchirants diminuaient d'intensité à mesure qu'il perdait ses forces. Ses bras tombèrent mollement à ses côtés et il cessa de battre des pieds.

Il était complètement soumis à la volonté du Sergent qui le tira sur le rebord du puits.

Léda se pencha. Elle tendit la main. Elle hésita, mais juste une seconde. Elle saisit alors la clé en fer et se releva rapidement. Elle hurla de douleur et son corps commença presque immédiatement à se dissoudre.

— Non! criai-je, ordonnant à mes jambes de courir plus vite.

Léda lança la clé anglaise avec ce qu'il lui restait de force. La clé vola dans les airs en tournoyant au ralenti et frappa le Sergent au front tandis qu'il entraînait Harold dans le puits.

Tout comme la Dame grise, Léda et le Sergent se transformèrent aussitôt en lumière fumeuse, et leur poussière flotta un moment dans les airs avant d'être absorbée par la terre. Le puits du Sergent disparut de même, et Harold plana sur une courte distance avant de retomber au sol. Il resta immobile, allongé sur le dos.

J'arrêtai aussitôt de courir. Non pas parce que j'ignorais si mon ami était mort ou vivant. Non pas parce que la revenante qui nous avait aidés à parvenir là où nous étions parvenus s'était sacrifiée pour sauver Harold. Mais parce qu'une explosion avait rempli l'air au-dessus de ma tête. Le bruit était si assourdissant que je crus que la Fumerolle avait fait sauter le monde, puis je me rappelai une chose que Léda avait écrite dans son carnet :

Enfin, il faudra créer un bruit assez fort pour être entendu dans les profondeurs du royaume souterrain, signalant à tous les esprits que le moment est venu de se lever.

Je levai les yeux et vis la Fille coucou. Elle était debout au sommet du mur de la citadelle, à côté d'un canon fumant. Le canon de midi.

Elle souriait comme une enfant le matin de Noël.

Le sol trembla légèrement. Le tremblement se transforma en secousse. La secousse devint un séisme. Un bruit terrible résonna quand les pierres éclatèrent et se désagrégèrent.

Je me retournai juste à temps pour voir le milieu de la cour de la citadelle se fendre en deux.

Une brume de lumière bleue s'échappa de la terre et éclaira le fort.

C'est alors que le premier fantôme rampa hors du trou béant, suivi par un deuxième, un troisième, un quatrième, un cinquième... Ils furent bientôt dix, vingt, cinquante...

Des centaines.

CHAPITRE VINGT-QUATRE

Les spectres envahirent la place d'armes, et chacun était plus cauchemardesque que le précédent.

Ils auraient, pour la plupart, pu passer pour des êtres vivants sans le halo bleu révélateur qui les entourait et leurs yeux morts. Mais il y avait aussi les autres...

Je vis un homme qui ressemblait davantage à un squelette qu'à un esprit; une femme sans lèvres aux dents tachées de sang; un homme maigre, mesurant plus de deux mètres, sans visage... il n'y avait qu'une épaisse membrane de peau là où ses yeux, son nez et sa bouche auraient dû être. Une fillette — pas la Fille coucou — à la chevelure en feu; une paire de vraies jumelles qui rampaient sur le sol comme des araignées; un clown triste au visage barbouillé et dont les vêtements colorés tombaient en lambeaux; une personne (je ne pouvais pas dire s'il s'agissait d'un homme ou d'une femme) dont le corps semblait inexplicablement avoir été retourné à l'envers.

Et ils continuaient à avancer.

Nous ne pouvions rien faire. Nous étions piégés.

— Écoute, Harold, dis-je, me sentant étrangement en paix. Si tu veux t'enfuir, je ne te ferai aucun reproche. Je vais les retenir aussi longtemps que je le pourrai, ce qui te donnera une longueur d'avance.

Il semblait sur le point d'éclater en sanglots, de vomir ou de s'évanouir... une chose après l'autre, peut-être... mais il secoua la tête.

— Non. Je reste avec toi.

Il ramassa la clé anglaise et vint se placer à mes côtés.

J'approuvai d'un signe de tête.

— Bien. Nous n'avons peut-être aucune chance, mais nous allons abattre le plus de créatures possible.

Harold hocha la tête, puis il fronça les sourcils.

— Attends, dit-il.

Il se dirigea en courant à quelques mètres de moi.

— Qu'est-ce que tu fais, Harold?

Le premier fantôme, le Squelette, se rapprochait rapidement et il me sauterait à la gorge d'une seconde à l'autre.

Harold attrapa les sacs de l'épicerie Pete's Fine Foods et revint aussitôt près de moi. Il les déposa à terre, prit une boîte de sel, l'ouvrit et traça un cercle de sel autour de nous. Il termina au moment précis où le Squelette arrivait. Le fantôme s'immobilisa soudainement, comme s'il venait d'affronter un champ de force invisible.

— Harold! Tu es un génie! m'écriai-je en le serrant très fort dans mes bras.

— Merci, dit-il, la voix assourdie par mon épaule. Mais c'est toi qui m'as donné l'idée. Tu te rappelles?

Les autres spectres se trouvaient derrière le Squelette. D'abord Sans lèvres, suivie par l'Homme maigre, la Fille en feu, les Jumelles araignées, le Clown triste et la Chose à l'envers. D'autres fantômes se joignirent à eux, formant une foule dense autour de nous. Ils criaient, vociféraient, se lamentaient, mais aucun d'entre eux ne pouvait traverser le cercle de sel.

— Le nouveau problème, c'est que nous sommes coincés ici, dit Harold.

Combien de temps les fantômes attendraient-ils autour du cercle? Une éternité, sans doute. Dans combien de temps Harold et moi allions-nous mourir de faim ou de déshydratation? Dans une semaine, peut-être, dix jours au maximum. Combien de temps avant que nous ne perdions l'esprit? Une journée, pensais-je. Moins, probablement.

Je balayai cette inquiétude du revers de la main et sifflai entre mes dents.

—Attends. Nous trouverons bien quelque chose.

J'aperçus alors la Fille coucou à travers la foule de fantômes. Elle était toujours perchée sur le mur de la citadelle, mais quelque chose au sud du fort avait attiré son attention. C'était difficile d'en être sûr à cette distance, mais elle paraissait inquiète, à tout le moins surprise. Elle s'envola et disparut hors de notre vue.

Peu de temps après, je vis ce que la Fille coucou avait vu. Dix secondes après qu'elle eut sauté du mur, un autre fantôme prit sa place.

C'était Bariolé, le vieillard à la barbe grise.

Je n'en croyais pas mes yeux. Je n'arrivais pas à comprendre comment un vieux fantôme avait pu épouvanter un esprit aussi intimidant que la Fille coucou.

Puis, tout devint clair.

Bariolé n'était pas seul.

Il avait amené ses amis. Les fantômes qui m'avaient arrêtée dans la rue alors que je me dirigeais vers la citadelle enveloppée de brume.

Ils devaient être environ deux cents, évaluai-je.

Ils prirent place sur le mur. En me retournant, je vis qu'ils avaient entouré la citadelle.

— Harold? Vois-tu ce que je vois?

Il fit signe que oui.

— C'est une armée, dit-il, ébahi.

Je souris.

— Une armée venue pour remporter la bataille finale.

Et la bataille commença.

CHAPITRE VINGT-CINQ

Nous avons une chance de nous en sortir, pensai-je. Mais nous n'étions pas encore tirés d'affaire. Les deux groupes étaient à peu près égaux en nombre, mais les fantômes de Bariolé étaient loin d'être aussi féroces que les esprits du royaume souterrain.

Les pires d'entre eux, le Squelette et sa bande, entouraient toujours le cercle de sel d'Harold.

Ils étaient assez proches pour être frappés.

— Harold, chuchotai-je. On prend du sel...

— Et les deux camps seront à forces égales sur le terrain de jeu, chuchota-t-il à son tour.

Tandis que les fantômes regardaient les nouveaux venus sur les murs et attendaient de voir ce qui allait se produire (le calme avant la tempête), je m'accroupis avec Harold et nous prîmes chacun deux boîtes de sel. Nous les ouvrîmes, nous nous relevâmes lentement, et...

— Maintenant! hurlai-je.

Nous lançâmes le sel aussi vite et aussi loin que possible, et les fantômes les plus proches en furent couverts. L'effet fut immédiat et absolument brutal. En les touchant, le sel siffla, crépita et se transforma en vapeur. Les spectres poussèrent des cris de douleur. Le sel brûla leurs corps, leur peau se boursoufla, se fendilla et se désintégra. Il couvrit l'avant-bras du Squelette et sa peau glissa de ses os comme un gant de latex. Une grosse quantité de sel atterrit sur le dos d'une des Jumelles araignées alors qu'elle détalait en formant des cercles. Un instant plus tard, le sel la fendit tout simplement en deux. Les joues et le front de Sans lèvres furent atteints d'abord par moi, à droite, puis par Harold, à gauche, et bientôt sa bouche ne fut plus la seule partie manquante de son visage.

Nous aspergeâmes aussi les autres : l'Homme maigre, la Fille en feu, la deuxième Jumelle araignée, le Clown triste et la Chose à l'envers. Ce dernier fantôme fut le pire. L'espace d'un instant, je crus, étrangement, que le sel allait le retourner à l'endroit ou quelque chose du genre. Ce ne fut pas le cas. Quand le sel l'atteignit… Disons simplement que, de toute ma vie, je n'avais jamais rien vu d'aussi dégoûtant.

Harold éclata de rire, l'air à moitié soulagé, à

moitié fou. Je savais comment il se sentait.

— Ç'a marché! s'écria-t-il. C'était fantastique!

En lançant tout ce sel autour de moi, je m'étais un peu sentie comme une athlète professionnelle qui vient de remporter les séries de la Coupe du monde et qui inonde son entraîneur et ses coéquipières de Gatorade. Sauf que, bien sûr, j'avais utilisé du sel pour arroser l'ennemi, pas mes coéquipières. N'empêche que la sensation était plutôt agréable.

— Espérons que nous leur avons donné un bon coup de main, dis-je.

Bariolé avait mené la charge pendant que nous avions attiré le Squelette et ses comparses près de nous, et les bons fantômes avaient déferlé sur les méchants pour les entraîner dans le royaume souterrain par la fissure dans le sol. Ils combattaient avec fougue, mais j'étais quand même encore inquiète.

Je ramassai la pelle puis la clé anglaise que je tendis à Harold. Quand il la prit, je remarquai que sa poigne était maintenant beaucoup plus ferme.

— Je ne pense pas que nous pourrons rester hors de cette bataille, dis-je.

— Moi non plus, répondit Harold. Il faut les aider.

Je lui donnai une tape sur l'épaule et, en lui

souriant, je sortis du cercle de sel. Une revenante du royaume souterrain flotta près de moi et je lui donnai un coup de pelle en pleine poitrine. Elle hurla, se désagrégea, tourbillonna dans les airs et disparut sous terre.

Un spectre poussa un cri perçant dans mon oreille, si près de moi que je sentis un souffle léger et glacé sur ma nuque. Je n'aurais pas le temps de me retourner pour me défendre. Je ne m'étais pas leurrée en croyant que je ne m'en sortirais pas vivante, mais je n'avais pas imaginé être terrassée aussi tôt.

Le spectre cria de nouveau et j'attendis qu'il enfonce ses dents, ses ongles, n'importe quoi en moi.

Il ne se passa rien.

Une ou deux secondes s'écoulèrent, mes épaules et mon cou se détendirent. Je me retournai lentement.

Harold me regardait, arborant un sourire un peu niais. Le spectre était parti.

— Tu m'en dois une, V, dit-il.

— Merci, répondis-je.

Dos à dos, nous continuâmes à assener des coups. J'abattis trois autres fantômes. Harold en abattit quatre. J'ignorais qu'il avait autant de combativité. Je crois que lui non plus ne le savait pas. Mais je commençais à avoir les bras fatigués et, quand je vis l'expression sur le visage d'Harold, je compris que lui aussi était épuisé. Les fantômes de la Fumerolle prenaient lentement le dessus sur ceux de Bariolé. Je scrutai la place sans le voir nulle part. J'espérais qu'il allait bien.

Un essaim de spectres prirent conscience de ce que nous faisions et formèrent une ligne. Ils étaient huit ou dix et, au lieu de se ruer aveuglément vers nous, ils attendirent en murmurant quelque chose. Je ne pouvais pas distinguer ce qu'ils disaient. Ils brisèrent alors leur ligne pour former un fer à cheval et s'approchèrent lentement en nous entourant de trois côtés.

— C'est la fin, je crois, dis-je à Harold.

Il ne répondit pas, car le fer à cheval s'était immobilisé. Les fantômes se retournèrent pour regarder derrière eux. Ils entendirent quelque chose. Je l'entendis bientôt, moi aussi.

Un grand *splash*, comme si un barrage s'était rompu et que des trombes d'eau déferlaient vers nous.

Cela venait de la fissure dans le sol. Ce n'était pas de l'eau. C'était bleu, et lumineux...

Des fantômes. Encore des fantômes. Ils ne

semblaient pas aussi... humains que Bariolé et son groupe, mais ils n'avaient certainement pas l'air aussi tordus que ceux qui nous avaient attaqués.

Je ne m'étais jamais sentie aussi heureuse de voir des morts.

Ils tournoyèrent et s'envolèrent à travers le fort. Les spectres de la Fumerolle furent complètement submergés et, après quelques brèves minutes, les derniers d'entre eux furent entraînés là d'où ils étaient venus.

Il restait une cinquantaine de fantômes ayant participé au premier assaut avec Bariolé. Ils poussèrent des cris de joie, puis ils se séparèrent et le vieillard se dirigea vers nous. Je me précipitai à sa rencontre.

—Bariolé! hurlai-je.

Il me regarda d'un air déconcerté, incertain de ce que j'avais voulu dire.

Je pointai le doigt vers sa poitrine.

— C'est à cause de ta chemise.

Il hocha la tête et sourit.

— Comment t'appelles-tu?

— Ève, répondis-je. Mais mes amis m'appellent V.

Parmi les fantômes qui l'avaient accompagné, un grand nombre avait disparu pendant la bataille.

— Je suis désolée que tu aies perdu autant d'amis, dis-je.

Son sourire s'estompa l'espace d'une seconde, puis il revint, plus grand et plus sincère qu'avant. Il souriait même avec ses yeux et les points lumineux dans ses iris dansaient.

— Non, Ève, ne sois pas désolée. Nous avions peur et tu nous as donné de l'espoir. Mais surtout, nous étions à la dérive et tu nous as donné un but. Ce serait plutôt à *nous* de te remercier.

Les fantômes nous remercièrent, Harold et moi, en formant un cercle autour de nous. J'étais heureuse, même si je savais qu'il nous restait une dernière chose à faire.

La terre trembla et commença à bouger sous mes pieds. La fissure se refermait.

Bariolé regarda les autres esprits et caressa sa barbe, l'air songeur.

— Je crois… Je crois que je suis prêt à partir.

Les autres acquiescèrent.

— Merci encore, V, dit Bariolé.

— Nous nous reverrons peut-être, répondis-je.

— Pas de sitôt, j'espère.

— Si tu vois un fantôme appelé Léda, dis-lui qu'Harold et V la remercient, lui demanda Harold.

— Je n'y manquerai pas.

Bariolé suivit les autres. Il fut le dernier à se glisser dans la fissure, tout juste avant qu'elle ne se referme.

L'après-midi redevint calme. J'étais exténuée et tous mes os me faisaient mal.

— Et maintenant? demanda Harold.

— Je pense que tu le sais.

— La Fumerolle.

— Exact.

— Où se cache-t-elle, d'après toi?

Je réfléchis. Quelque chose m'était resté en tête. La Fille coucou, debout sur le mur près de l'entrée. Elle s'était envolée quand elle avait vu Bariolé et les autres. Mais en y repensant, il m'apparaissait évident qu'elle ne serait pas partie. Elle s'était engagée à aider la Fumerolle. C'est vers elle qu'elle serait allée.

Trouver la Fille coucou, c'était trouver la Fumerolle.

— Je sais où nous devons aller, dis-je. La vieille tour de l'horloge.

— C'est ça! s'exclama Harold. Tic, tac, ajouta-t-il, l'air sombre.

CHAPITRE VINGT-SIX

Tandis que nous courions en portant nos sacs dans une main (ils étaient à présent beaucoup plus légers) et nos armes dans l'autre, nous imaginâmes un plan.

Je m'attendais presque à voir la Fille coucou ou la Fumerolle surgir du brouillard, mais nous parvînmes sans incident à la tour de l'horloge. Nous nous arrêtâmes à la porte pour reprendre notre souffle.

Harold hocha la tête. Il était prêt.

Je l'étais aussi. Je hochai à mon tour la tête et saisis la poignée de la porte.

— Tu te souviens du plan?

— Ouais, on vient tout juste de le concevoir, dit-il. Je me souviens aussi à quel point il est faible.

— Eh bien, nous n'avons pas le temps de planifier autre chose.

— Ça me rassure de le savoir, répondit Harold

en levant exagérément les yeux au ciel.

— Contente de l'apprendre, rétorquai-je en ouvrant la porte à la volée.

Nous nous ruâmes dans le noir.

***

La vieille tour de l'horloge n'était pas grande, alors même si le brouillard y était plus dense qu'il l'avait été dans tout le fort, nous réalisâmes vite que le rez-de-chaussée était vide.

Harold grogna bruyamment.

— Il y a un problème? demandai-je.

Nous avions beau être tout près l'un de l'autre, je le distinguais à peine.

— Avant d'entrer, j'aurais dû dire « premier joueur, prêt ». Ensuite, tu aurais pu répondre « deuxième joueuse, prête ». Ç'aurait été sympa.

— La prochaine fois qu'on fera ce genre de chose, on pourra...

Je ne terminai pas ma phrase. J'avais vu quelque chose.

— V? demanda Harold. Qu'est-ce qui se passe?

J'indiquai le sommet de l'escalier. Dans un voile de brume, la Fille coucou nous toisait avec un sourire malfaisant.

— Vous êtes venus, roucoula-t-elle, l'air à la fois surprise et ravie. Je n'en reviens pas. Eh bien, vos jours sont presque comptés. Amusons-nous.

— C'est exactement pour ça que nous sommes venus, ripostai-je.

Sans lui laisser le temps de répondre, Harold et moi fonçâmes vers l'escalier. Nous brandîmes nos armes en criant.

Prise au dépourvu, et peut-être même un peu effrayée à en juger par l'expression sur son visage, la Fille coucou s'éloigna rapidement de nous. Nous espérions qu'elle nous conduirait vers la Fumerolle.

C'est ce qu'elle fit.

Même si j'avais récemment libéré la Fumerolle, j'avais presque oublié comment on se sentait en sa présence… j'avais oublié sa stature toute puissante et pourtant douce, son élocution bizarre, son *essence* contradictoire.

Quand je la vis flotter dans les airs, auréolée de brume et tenant cet orbe luisant devant sa poitrine, je sentis mes genoux fléchir, ma tête s'alourdir.

C'est le moment, V, me dis-je. Et maintenant, ne te dégonfle pas.

J'avais froid. Pas à cause de mes nerfs, mais

je voyais mon haleine devant moi et les fenêtres étaient couvertes de givre.

La Fumerolle m'adressa un léger sourire, mais son regard était glacial. Il pénétra dans ma peau et observa mon âme, sonda mon cerveau et lut dans mes pensées.

— Nous nous revoyons, Ève Vanstone. Mais contrairement à la dernière fois, tu n'es à présent plus une amie du royaume souterrain.

— Ils ont amené l'armée de fantômes au fort, cracha la Fille coucou. Ils ont fait disparaître la Dame grise et le Sergent.

— C'est vrai? dit la Fumerolle, d'une voix aussi suave que celle d'une mère disant bonne nuit à son bébé endormi.

J'étais incapable de bouger, de parler. Je ne pouvais même pas ouvrir ma bouche. J'avais l'impression d'avoir la langue enflée et ma gorge était douloureusement sèche.

La Fumerolle éclata d'un rire sans joie.

— Tu n'as pas besoin de répondre, Ève. Je sais ce que tu as fait et pourquoi tu es ici.

Ses yeux se plissèrent.

— Tu es venue pour nous anéantir.

J'étais toujours incapable de parler. Harold prit alors la relève.

— Il est inutile de le nier, dit-il en brandissant sa clé anglaise.

J'avais temporairement perdu mon courage et Harold l'avait trouvé. Le fait de le voir ainsi me fit sortir de ma léthargie. J'agitai ma pelle, mais la Fumerolle leva sa main libre, la serra en un poing puis écarta rapidement ses doigts. La pelle s'envola de ma main et fracassa une des étroites fenêtres d'angle qu'elle traversa. La clé anglaise d'Harold fit de même par une fenêtre opposée, puis les sacs de sel suivirent la pelle et la clé par les vitres brisées. J'entendis toutes ces choses tomber sur le sol au-dessous.

Nous étions sans défense.

— Attends une minute. Ton nom. Ève Vanstone... Ève Vanstone... Ève Vanstone, répéta la Fumerolle en faisant rouler mon nom dans sa bouche comme si elle dégustait une bouchée de nourriture.

— Je connais tes parents.

CHAPITRE VINGT-SEPT

—Mes parents? dis-je, en croyant à peine mes oreilles.

Voilà qui changeait la donne.

J'étais vaguement consciente de la présence d'Harold à mes côtés. Il chuchotait quelque chose comme « suis le plan », mais j'étais incapable de me concentrer sur lui. Si la Fumerolle connaissait mes parents…

Elle hocha la tête.

— Oui, dit-elle. Ils sont morts il y a deux ans et trente-sept jours. Depuis, ils sont piégés dans le royaume souterrain.

— Je ne te crois pas, bredouillai-je, détestant ma voix trop aigüe et mon ton paniqué. Tu mens.

— Je te jure que non, dit-elle, mais une étincelle dans ses yeux me fit douter de ses paroles. Ils sont arrivés au royaume souterrain et, comme tant d'êtres avant eux et tant d'autres après, ils n'ont pas pu en repartir. Mais sois sans inquiétude, ils ne sont pas négligés...

Son orbe brilla plus vivement et la pièce s'assombrit.

— Je m'assure de les tourmenter tous les jours.

Que ce fût vrai ou non, j'en avais assez entendu. Je fis un léger signe de tête à Harold, puis je prononçai la phrase que j'avais dite si souvent quand je jouais à *Tueur de fantômes*.

— Je suis venue pour te renvoyer au royaume souterrain. Tu es une agente des ténèbres et tu n'es pas la bienvenue ici parmi les vivants.

Je fis une pause avant d'ajouter :

— Ça, c'est pour mes parents.

Harold et moi nous précipitâmes de tout notre poids sur les fantômes, Harold sur la Fille coucou et moi sur la Fumerolle. Pour que cette partie du plan se réalise, il fallait qu'elles soient sûres que nous les attaquions désarmés, et c'est pourquoi nous nous étions arrangés pour que la Fumerolle se débarrasse de la pelle, de la clé anglaise et du sel.

Cela fonctionna. Ni l'une ni l'autre ne nous opposèrent beaucoup de résistance, du moins au début. Harold poussa un cri de douleur, mais il parvint à pousser la Fille coucou à travers le mur du fond, dans l'un des cadrans de l'horloge dehors. Le corps du fantôme entra en contact avec les aiguilles des heures et des minutes, lesquelles, pensions-nous, étaient en fer. Nous ne vîmes pas ce qui se passa, mais nous l'entendîmes. Elle poussa un cri d'angoisse et, après un bref combat, se tut abruptement.

Tandis qu'Harold se chargeait de la Fille coucou, je combattais la Fumerolle. Je l'entourai de mes bras et l'étreignis. Je ne ressentis pas de douleur en la touchant, alors je la poussai vers un mur latéral. À l'extérieur, il y avait aussi une horloge de fer. Mais la Fumerolle m'entraîna dans un coin, nous tombâmes en arrière par une des fenêtres brisées et nous dégringolâmes brusquement. Je crus ma dernière heure arrivée, mais elle nous fit remonter juste avant que nous ne touchions le sol.

Dans les bras l'une de l'autre, nous nous envolâmes vers l'est. Nous survolâmes d'abord la rue Carmichael, traversâmes la place d'armes, puis nous planâmes au-dessus de la rue George et d'une réplique géante de Théodore le remorqueur amarré au quai, pour arriver enfin au-dessus du port. Nous n'avions mis que quelques secondes pour atteindre l'océan.

— Tu croyais pouvoir me faire disparaître en

me poussant dans l'horloge? Tu croyais que je mourrais?

La Fumerolle parlait directement dans mon oreille. Je me rétractai. Sa voix évoquait à la fois le sifflement d'un serpent et un grincement d'ongles sur un tableau noir.

— Tu es folle. Tu ne peux pas me tuer. Quand j'en aurai fini avec toi, je retournerai à la citadelle, je réclamerai l'âme de ton ami et je commencerai à convoquer d'autres esprits du royaume souterrain. Et personne ne pourra m'arrêter.

— Tu as raison, personne ne pourrait t'arrêter, répondis-je en mettant la main dans la poche de mon pantalon cargo.

Nous survolions le port à toute vitesse. Je m'armai de courage.

— C'est pourquoi je dois t'arrêter maintenant!

Je sortis la boîte de sel que j'avais mise dans ma poche lors de notre arrêt à l'épicerie Pete's Fine Foods et j'en aspergeai le visage et le cou de la Fumerolle.

— Pas de gaspillage, dis-je en me rappelant grand-maman et la collection de sachets de sel et de poivre qu'elle rapportait des établissements de restauration rapide.

La Fumerolle couina et hurla quand le sel

mordit sa chair. Une entaille s'ouvrit juste sous son œil gauche et descendit jusqu'à sa clavicule. Elle ne disparut pas comme les spectres du royaume souterrain, mais elle couvrit son visage de ses deux mains.

L'orbe resta suspendu en plein ciel entre nous.

Je le saisis — il était étonnamment froid — et le tint tout contre ma poitrine, comme un receveur éperdu craignant de laisser tomber son ballon quand la zone de but n'est plus qu'à dix verges de lui. Je me mis aussitôt à tomber. La Fumerolle continua de monter en flèche, mais juste pendant une microseconde avant de comprendre ce qui venait de se passer.

Elle s'immobilisa et me regarda, outragée, puis elle cria plus fort que lorsque le sel avait touché son visage — plus fort que je l'aurais cru possible — et elle fonça vers moi comme un boulet.

Mais j'étais déjà rendue loin, hors de son atteinte. Une énorme gerbe jaillit quand mon dos brisa la surface de l'eau. Je faillis lâcher l'orbe, mais je parvins à le garder tout en retenant mon souffle. Je m'enfonçai plus profondément.

La Fumerolle plongea et glissa dans ma direction. La brume qui la suivait toujours continuait de tournoyer autour de son corps.

Elle prononça quelques mots en saancticae et chercha désespérément à reprendre son orbe. Ses doigts en touchèrent presque la surface vitreuse...

C'est alors qu'une ombre passa *à l'intérieur* de l'orbe.

— Non! s'écria la Fumerolle qui parut effrayée.

Non pas effrayée et indifférente, ou effrayée et rassurée ou n'importe quelle autre combinaison bizarre et contradictoire. Épouvantée, tout simplement.

Et je compris que tout ceci — le plan que nous avions élaboré pour l'amener à nous désarmer et à m'entraîner au-dessus du port, où je l'avais déstabilisée avec le sel pour qu'elle me laisse tomber dans l'eau, ce qui m'avait permis de submerger l'orbe afin que la Fumerolle soit enfin renvoyée au royaume souterrain —, tout ceci allait fonctionner.

— Donne-le-moi, supplia-t-elle. Sans lui, je...

Ping! Une petite fissure apparut sur la surface de l'orbe et commença à s'élargir.

J'avais besoin d'air, mais je ne pouvais pas remonter à la surface tout de suite. Je devais mener cette affaire à bien, quitte à y laisser ma peau.

Je pensai à la Dame grise, au Sergent et à la Fille coucou. Je pensai aux spectres du royaume souterrain. Je pensai à Bariolé et à ses disciples.

Je pensai à ma grand-mère. Je pensai à Harold. Je pensai à Léda. Je pensai à la Fumerolle. Mais surtout, je pensai à mes parents.

Si j'avais pu parler, j'aurais dit à la Fumerolle :

— Tu as menti à propos de mes parents, espèce de...

J'aurais proféré un mot pas très joli que mes parents auraient désapprouvé. Mais, étant donné les circonstances, j'aurais probablement été justifiée de le dire.

— Après leur mort, tes parents ont traversé le royaume souterrain, dit la Fumerolle comme si elle avait lu dans mes pensées. Ils n'y sont pas restés. J'ai menti. Rends-moi cet orbe avant qu'il ne soit détruit et je les retrouverai. Je peux les ramener à la vie.

Elle semblait désespérée, troublée, mais plus que tout, elle semblait terrifiée.

Je mentirais, moi aussi, si je disais que je n'ai pas considéré sa proposition. Je n'aurais jamais cru possible de revoir un jour mes parents.

En fait, c'était une offre que je ne pouvais pas refuser.

C'est-à-dire, si je croyais la Fumerolle.

Ping! Une autre fissure apparut sur la surface de l'orbe et je l'éloignai le plus possible de l'atteinte de

la Fumerolle.

Elle tenta une dernière fois de l'attraper, mais il explosa en mille morceaux qui se désintégrèrent, et l'eau noire du port fut éclairée par la lumière la plus brillante jamais vue.

Quand la lumière s'estompa, un homme flotta entre la Fumerolle et moi. C'était un petit homme au visage osseux, aux longs cheveux roux. Comme pour la Fumerolle, l'eau ne semblait produire aucun effet sur lui.

— Je suis libre! cria-t-il en éclatant d'un rire dément.

J'avais de la difficulté à voir et je sentais mon cœur battre dans mes oreilles. Mes poumons brûlaient. J'avais besoin d'air. Je nageai vers la surface. Juste avant de l'atteindre, je baissai les yeux et je vis une chose terrible.

Sans l'orbe, la Fumerolle avait perdu son pouvoir. Son visage se fendit en deux. Cela commença à la cicatrice sous son œil et descendit jusqu'à ses pieds. Son corps se disloqua et les morceaux tourbillonnèrent jusqu'au fond de l'océan, où ils disparurent.

Il ne restait plus de l'orbe brisé qu'une petite boule lumineuse, comme une flamme ou une pierre précieuse. L'homme, quel qu'il fût, le sortit de l'eau et le glissa dans sa poche. Il leva les yeux vers moi.

— Merci, dit-il avant de s'envoler vers le ciel.

Je le suivis vers la surface de l'eau et j'aspirai une grande goulée d'air tout en battant des jambes sur place, mais il avait disparu.

L'après-midi était calme et silencieux. Le brouillard s'était levé.

J'attendis d'avoir repris mon souffle, puis je nageai vers le rivage.

Le goût de l'air n'avait jamais été aussi doux.

CHAPITRE VINGT-HUIT

— Tu as les lèvres bleues, dit Harold.

Il était arrivé au moment où je sortais de l'eau.

Je tremblais tellement que mes dents claquaient, et l'eau dégoulinait sur le quai autour de moi. J'avais l'impression que je ne pourrais jamais me réchauffer, mais cela m'était égal.

Nous avions réussi. Nous avions vraiment vaincu la Fumerolle et, comme si cela ne suffisait pas, nous avions aussi vaincu une armée de fantômes. Cela peut sembler idiot, mais nous avions vraiment sauvé le monde. Si j'avais pu faire tout ça, le moment était peut-être venu d'accepter l'offre de l'entraîneur et de réintégrer l'équipe de soccer. Qu'allais-je faire d'autre? Rester assise à attendre la mise en marché de *Tueur de fantômes 2*?

J'éclatai de rire, un petit rire faible. Plissant les yeux, Harold me dévisagea comme si j'avais fini par perdre l'esprit. C'était peut-être vrai.

Il enleva son blouson et me dit de faire comme lui. En temps normal, j'aurais refusé son offre d'un geste de la main, mais pas ce jour-là. Je lui tendis mon manteau trempé et j'enfilai le sien, chaud et sec. Quand le haut de mon corps commença à se réchauffer, je réalisai combien j'avais froid. Je n'en avais pas eu conscience avant, mais à présent j'avais mal aux os, ma peau brûlait et mon sang coulait dans mes veines comme de l'eau glacée.

—F... f... froid, fut tout ce que je parvins à bafouiller.

Mais je sentais un sourire retrousser les commissures de mes lèvres.

—On va t'acheter des vêtements secs, dit Harold.

Nous parcourûmes trois pâtés de maisons vers le sud jusqu'au centre commercial Maritime, et j'en profitai pour raconter à Harold ce qu'il avait raté.

—Crois-tu que la Fumerolle est vraiment morte? me demanda Harold. *Morte pour vrai?*

—J... j... je ne sais pas, répondis-je en claquant des dents. Je l'espère.

—Je pense n'avoir jamais cru que nous réussirions, reprit Harold. Mais nous en sommes venus à bout. Nous avons gagné.

Il semblait encore sous le choc.

— Gr... grâce à t... toi, dis-je en essayant de ne pas me mordre la langue.

— Grâce à *toi*, dit Harold.

Son sourire s'estompa lorsqu'il ajouta :

— Et à Léda.

Il resta un moment silencieux et solennel.

— Nous ne sommes plus très loin, dit-il.

Je me sentis mieux une fois dans le centre commercial. Harold me dit d'attendre dans les toilettes des femmes pendant qu'il allait m'acheter des vêtements dans une friperie. Je vérifiai mon téléphone en l'attendant, mais il était grillé. Harold revint quelques minutes plus tard, frappa et me tendit les vêtements par la porte que j'avais entrebâillée.

J'allai dans une cabine et examinai ses achats. Il m'avait pris un pantalon en coton ouaté violet bouffant, un chandail bleu sur lequel étaient imprimés les mots SOCIÉTÉ DU TOURNOI INTERNATIONAL DE THON D'HALIFAX NOUVELLE-ÉCOSSE et un tee-shirt blanc trois fois trop grand pour moi. Mais cela m'importait peu, parce qu'il avait aussi trouvé une paire de chaussettes neuves; jamais on ne se sent mieux qu'en enfilant des chaussettes sèches après avoir passé du temps dans l'eau du port d'Halifax au milieu du mois de mai.

J'allais sortir de la salle de bains quand j'entendis quelqu'un chuchoter mon nom.

— Qui est là?

Je me retournai vivement, mais j'étais encore seule.

— Qui a parlé?

Après un instant angoissant, la voix répondit enfin.

— C'est moi, Ève. C'est Léda.

J'ouvris la porte de la cabine. Elle était vide.

— Léda? demandai-je. Pourquoi ne puis-je pas te voir?

Le silence suivit, mais j'eus le sentiment de comprendre pourquoi je ne la voyais pas. J'avais perdu ma capacité de voir les fantômes. C'est la vie.

— Je ne peux pas rester longtemps, Ève, dit Léda. Je voulais juste te dire que je ne cesserai pas de chercher tes parents. Et quand je les trouverai, je leur dirai ce que je t'ai promis de leur dire : ils ont une fille formidable qui les aime beaucoup.

— Merci, Léda, répondis-je en refoulant mes larmes. Merci pour tout.

— Merci, Ève, de m'avoir aidée à réparer le mal que j'avais fait en ajoutant la formule de convocation à *Tueur de fantômes*.

Je sentis une caresse légère sur ma joue, comme si cinq minces fils de vent avaient touché le côté de mon visage, puis une brise fraîche souffla à côté de moi. J'étais de nouveau seule.

J'avais l'impression d'être redevenue humaine quand je sortis des toilettes, même si je devais ressembler à une extraterrestre.

Harold jeta un coup d'œil à mes vêtements et grogna :

— Désolé, V... J'étais pressé.

— C'est parfait, le rassurai-je en le serrant dans mes bras.

Il me regarda d'un air perplexe.

— Tu es sûre?

— Bon, peut-être pas parfait, mais presque.

Il éclata de rire et nous retournâmes sur nos pas jusqu'à la sortie du centre commercial.

Comme je ne savais pas quelle était la meilleure façon de lui raconter ce qui s'était passé dans la salle de bains, je lâchai :

— Je pense que je ne peux plus voir de fantômes, mais Léda va bien.

Mes yeux se remplirent de larmes que je me hâtai d'essuyer.

— Je... hum... je t'en parlerai plus tard.

Harold réfléchit un instant à ce que je venais de

dire, puis il hocha la tête.

— D'accord, dit-il.

Il en fallait beaucoup pour l'impressionner.

— Quelle heure est-il? voulus-je savoir. Mon téléphone a pris l'eau.

— Dix-sept heures quinze, répondit-il après avoir consulté le sien.

— Zut! Nous sommes en retard à notre rendez-vous avec grand-maman au Split Crow. Tu me prêtes ton téléphone?

Nous nous arrêtâmes devant une librairie d'occasion. Il me tendit son cellulaire et je composai le numéro de ma grand-mère. Elle répondit à la première sonnerie.

— Ève? tonitrua-t-elle. C'est toi?

— Oui, grand-maman, c'est moi. Je...

— Où es-tu? Pourquoi ne réponds-tu pas à ton téléphone? J'étais morte d'inquiétude!

J'éloignai l'appareil de mon oreille tandis qu'elle continuait de tempêter.

— Je vais bien, grand-maman, et je suis désolée. J'ai juste... laissé tomber mon cellulaire dans une mare et j'ai perdu la notion du temps. Nous serons là bientôt.

Je raccrochai et remis le téléphone à Harold.

— Elle n'avait pas l'air contente, dit-il.

— Tu l'entendais?

— Haut et fort.

— Eh bien, si elle connaissait la vérité, elle ne me ferait probablement pas tous ces reproches.

Une longue suite d'images défila dans ma tête, tous ces moments où je l'avais échappé belle, ces catastrophes évitées de justesse, ces incidents où j'aurais pu trouver la mort ce jour-là.

— Mais elle aurait peut-être été encore plus en colère.

— Je suppose qu'on ne devrait sans doute pas raconter aux gens ce qui est arrivé, dit Harold. Ils nous enfermeraient dans un asile et jetteraient la clé.

— Motus et bouche cousue, acquiesçai-je.

J'avançai d'un pas, puis je m'arrêtai brusquement.

Mon sang se figea dans mes veines, et j'eus encore plus froid dans le dos que quand j'étais dans l'eau du port.

— V? demanda Harold en me toisant. Qu'est-ce qui se passe?

D'un doigt tremblant, j'indiquai la vitrine de la librairie.

Harold l'examina sans rien voir.

— Quoi?

— Le livre, dis-je.

— Lequel?

— *Celui-là!*

Une pile de livres de poche et d'ouvrages reliés était exposée. L'un d'eux attira mon regard.

Côtes hantées, par Jeremy Alexander Sinclair.

Sur la couverture, on voyait un phare sinistre à gauche, une vieille goélette émergeant de la brume à droite et, au centre...

Au centre, il y avait un homme.

Je le reconnaissais.

Un homme aux longs cheveux roux, au visage osseux.

L'homme qui s'était échappé de l'orbe de la Fumerolle et qui s'était envolé Dieu sait où.

J'entrai dans le magasin, je pris le livre et le feuilletai. Harold regardait nerveusement par-dessus mon épaule.

— Dis quelque chose, V, demanda-t-il, un trémolo dans la voix. Qu'est-ce qui se passe?

— L'homme sur la couverture...

J'avais la bouche aussi sèche qu'un désert. Je continuai à examiner le contenu du livre. Je m'arrêtai à une page où je vis un autre dessin de l'homme.

— C'est celui que j'ai libéré de l'orbe de la

Fumerolle.

Sous l'illustration, il y avait une légende :

Bill le boucher, le fantôme le plus terrifiant de la Côte
Est

— Harold ?

Je faillis laisser tomber le livre.

— Qu'avons-nous fait ?

À PROPOS DE L'AUTEUR

Joel A. Sutherland est l'auteur de *Be a Writing Superstar*, de plusieurs titres de la collection *Lieux hantés* (qui lui ont valu les prix Silver Birch et Hackmatack) et de *Frozen Blood*, un roman d'horreur finaliste au prix Bram Stoker. Ses nouvelles ont été publiées dans plusieurs anthologies et magazines, dont *Blood Lite II & III* et la revue *Cemetery Dance*, où l'on trouve aussi des textes de Stephen King et de Neil Gaiman. Il a fait partie du jury des prix John Spray Mystery et Monica Hughes pour la science-fiction et la littérature fantastique.

Joel est bibliothécaire au service des enfants et des jeunes. Il a participé en tant que « bibliothécaire barbare » à la version canadienne de l'émission à succès *Wipeout* dans laquelle il s'est rendu au troisième tour, prouvant que les bibliothécaires peuvent être aussi acharnés et fous que n'importe qui.

Joel vit avec sa famille dans le sud-est de l'Ontario où il est toujours à la recherche de fantômes.

Aussi disponible :

978-1-4431-7489-3

Lis de vraies histoires d'horreur canadiennes :

978-1-4431-4737-8